光文社文庫

文庫書下ろし／長編時代小説

千金の街

読売屋 天一郎㈥

辻堂 魁《かい》

光 文 社

この作品は光文社文庫のために書下ろされました。

『読売屋　天一郎　千金の街』目次

『読売屋 天一郎(六) 千金の街』 主な登場人物

水月天一郎《みなづきてんいちろう》 ―― 築地の読売「末成り屋」の主人。二十二歳の時に、村井家を出る。座頭の玄の市、御家人部屋住みの修斎、三流と出あい、読売屋を始める。

唄や和助《うたやわすけ》 ―― 「末成り屋」の売子。芝三才小路の御家人・蕪城家の四男。本名は蕪城和助。

錦 修斎《にしきしゅうさい》 ―― 「末成り屋」の絵師。本名は中原修三郎。御徒町の御家人・中原家の三男。

鍬形三流《くわがたさんりゅう》 ―― 「末成り屋」の彫師であり摺師。本名は本多広之進。本所の御家人・本多家の二男。

壬生美鶴《みぶみつる》 ―― 姫路酒井家江戸家老・壬生左衛門之丞のひとり娘。剣の達人でもある。

島本 類《しまもとるい》 ―― 姫路酒井家上屋敷勤番・島本文左衛門の孫娘。祖父の島本が壬生左衛門之丞の相談役で美鶴の養育掛のため、美鶴の監視役としてお供につけられた。

読売屋　天一郎（六）

千金の街

序章　親不孝

宝暦《ほうれき》のその宵六ツ、新吉原江戸町《えどちょう》一丁目の妓楼《ぎろう》玉《たま》屋山三郎《さんざぶろう》方太夫《たゆう》の花紫《はなむらさき》が、嫖客《ひょうかく》で賑《にぎ》わう仲《なか》ノ町《ちょう》に道中を務めた。

花紫の扮装《いでたち》は、鶺鴒髱《せきれいたぼ》の横兵庫《よこひょうご》に大形の櫛を挿《さ》し、前挿しの簪《かんざし》四本、後ろ挿しに同じく四本、黒繻子《くろじゅす》の昼夜帯をゆったりと結び、仕掛けは二領。上の仕掛けは刺繍《ししゅう》模様の入った天鵞絨《ビロード》で、腰巻は紅色。爪紅《つまべに》を塗った素足に、藍《あい》の鼻緒《はなお》と表つき三枚歯の黒塗り八寸下駄をつけていた。

振袖新造《ふりそでしんぞう》、留袖《とめそで》新造、番頭《ばんとう》新造、稚児髷《ちごまげ》の禿《かむろ》二人、遣手《やりて》、箱提灯《はこぢょうちん》を提げた若い者らを従え、右手を懐に、左手で軽く褄《つま》をとった花紫が、ふきかえしの着物の裾から外八文字《そとはちもんじ》の踊るような歩みを一歩ずつ運ぶたび、見世《みせ》すががきの音《ね》が絶えず聞こえる仲ノ町の嫖客の間から、かけ声がかかり、歓喜とどよめきの声が沸いた。

道中の謂《い》われは、遊女遊びが揚屋《あげや》で行われていたころ、遊女が江戸町の遊女屋から京町《きょうまち》の揚屋へゆくのを、江戸から京への旅になぞらえて《道中》と言ったのが始まりである。

花紫が新吉原最後の松の位《くらい》の太夫として道中を務めた宝暦の宵から、およそ二十年がすぎた安永《あんえい》四年の春半ば。午後の日射しもだいぶ西へ傾いたころ、縞《しま》の引廻《ひきまわ》し合羽《がっぱ》に三度笠をかぶり、ふり分け荷物を肩にからげた旅人が、野州《やしゅう》大谷《おおや》村のある百姓家《ひゃくしょうや》を訪れた。

旅人は百姓家の表戸口を五寸ほど開け、ほの暗い内庭に若い声をかけた。

「表先にて大声を発し、お許しをこうむります。当大谷村の甚助《じんすけ》さんのお宅はこちらさんでございますか」

返事がないまま、間をおいたあと、旅人は戸口をさらに二、三寸引き開け、暗がりに少し慣れた眼差しを、押し黙った主屋《おもや》の奥へ凝らした。

外の庭には黄ばんだ日が降り、庭の椎《しい》の木で小鳥が鳴き騒いでいた。

「お許しをこうむります。当大谷村の甚助さんのお宅は……」

もう一度言いかけた声が、暗がりの先に消えていったとき、ほの暗い奥から、たらたら、と土間に藁草履《わらぞうり》の鳴る音が近づいてきた。

表の明るみがようやく届くあたりの内庭の土間に、手拭《てぬぐい》を姉《あね》さんかぶりにした百姓風体《ふうてい》の女が現れ、足を止めた。女は長い年月の野良仕事のせいか、日焼けをして皺《しわ》も多く、かなり年配の年ごろに思われた。

「甚助はおらげの亭主だが、なんぞ用けぇ」

女はぞんざいな口ぶりで旅人に質《ただ》した。そして、村ではめったに見かけぬ旅人風体を物珍しげに見廻した。

旅人はふり分けの荷物をおろし、合羽と三度笠をとって一緒に左脇に抱えた。通れるくらいまで戸を開け、

「ご免なさい」

と、内庭の土間へ左足より踏み入った。

旅人は、五尺五寸ほどの小柄な痩軀《そうく》に幼さを残した童顔だった。

腰をかがめて膝に右手をつき、「お控えなさい」と言った様子は、まだ二十歳《はたち》にもならぬ意気がった若衆が、無理やり旅の渡世人を気どっているふうに見えた。

「なんだっぺ？」

女が首をかしげたので、旅人は少し考える素ぶりを見せた。

それから意気がった仕種《しぐさ》を改め、身体を起こした。月代《さかやき》がのびて横分けにした前髪をかきあげ、童顔に照れ臭そうな笑みを浮かべた。

「おれ、公平《こうへい》と言います。江戸にいたとき、弥作《やさく》兄さんとは商売仲間で、弥作兄さんはおれの兄貴分でした。弥作兄さんのおっ母さんの、お竹《たけ》さんですね」

公平と名乗った旅人のちぐはぐな物言いに、女は首をかしげたまま、「うんだ」と頷《うなず》いた。

「お父っつあんは甚助さん、二つ上の兄さんが安吉《やすきち》さんと、弥作兄さんから故郷の話をよく聞かされました。おっ母さん、弥作兄さんはいらっしゃいますか。ちょいと呼んでいただけませんか。公平が、やんまの公平が訪ねてきたって言えばわかりますから」

「公平？　おめえ、江戸で弥作の商売仲間だったのけぇ」

「そうです。神社や寺の境内とか、人が大勢集まる広小路とかで、参拝やら見物のお客相手にいろんな物を売る商売です」

「いろんな物って、何を売ってた」

「だから、いろんな物です。簪《かんざし》やら笄《こうがい》やら櫛やら扇子やら、手拭やら下駄やら草履やら傘やら。饅頭《まんじゆう》や煎餅《せんべい》とかの食い物を売っていたこともあります。決まった店《たな》はねえけど、これでも商人《あきんど》みたいなもんでさ」

お竹は公平から目を離さず、しばしの沈黙をおいた。やがて、

「弥作はいねえ。八年前、なんもかんもうっちゃって家を出てから、一度も家には戻ってこねえし、音沙汰もねえ」

と、無愛想に言った。

「ええっ、弥作兄さんは……」

戻ってないのかと、公平はあてがはずれ、戸惑った。

「弥作から、何か聞いていたのけぇ」

お竹は、公平の戸惑いを見逃さずに言った。

「弥作兄さんが商売に見きりをつけ、故郷の大谷村に帰ると言って旅だったのは、去年の春、隅田堤《すだづつみ》の桜の花が満開のころでした。おれと弥作兄さんは、商売仲間の中じゃあ一番気の合う兄貴分と弟分の朋輩《ほうばい》で、兄さんは弟分のおれを可愛がってくれたんです。名残《なごり》惜しくて、兄さんが江戸を離れる前の日、千住《せんじゅ》宿まで見送って、別れの酒を酌み交わしたんです。そのとき、もしおまえが江戸を離れ、旅に出ることがあったら、鹿沼《かぬま》の先の大谷村に訪ねてこい、必ずだぜと、弥作兄さんは言ってくれたんです」

公平は戸口へふりかえり、なんだ、あれから郷里に戻ったんじゃなかったのか、けど、おれもあの折りはこんなに急に江戸を出るとは思っていなかったしな、と西日の落ちる庭を見やりつつ考えた。

「おめえ、江戸からきたのけぇ」

お竹が、無愛想な顔つきのまま言った。

「江戸を出たのは去年の冬で、それからずっと旅暮らしです。今朝早く、栃木《とちぎ》を発《た》って、鹿沼をすぎてここまできました」

「栃木から。そりゃあ長旅でこわいっぺ。今晩泊まるあてはあるのけぇ」

「弥作兄さんがいねえなら仕方ねえ。鹿沼へ戻ります」

「村から鹿沼までは二里ある。途中で日が暮れる。ええから、今晩はおれんげに泊まっていけえ。弥作の江戸の仲間なら、追いかえすのはあんべえわりい。もうすぐ亭主も安吉も戻ってくるべえ。戻ってきたら、すぐ晩げだから」

「済まねえ、おっ母さん。宿代は払います」

「でれすけ言うでねえ。倅《せがれ》の仲間から銭とる気はねえべえ。それに、おめえにちいっと訊《たず》ねてえこともあんべえし。ああ、お父《どう》と安吉が戻ってきた」

お竹が戸口の外のほうへ、眼差しを投げた。

公平がふりかえると、編笠に野良着姿の男が二人、ひとりは鍬《くわ》をかつぎ、ひとりは馬を牽《ひ》いて、西日の陰った庭に入ってくるのが見えた。

二人の男は、訝《いぶか》しげな目つきを内庭の公平に向けた。

公平は、鍬をかついだ甚助と馬を牽いた安吉へ頭《こうべ》を垂れた。

馬がいななき、椎の木の小鳥のざわめきが高くなった。


内庭続きの大きな竈《かまど》のある土間に面して、囲炉裏《いろり》部屋になっていた。屋根裏の梁《はり》に吊るした自在鉤《じざいかぎ》にかけた黒い鉄瓶が、囲炉裏の小さな火に暖められ、湯気をのぼらせていた。


囲炉裏を囲んで、麦飯と里芋に牛蒡《ごぼう》、蕗《ふき》、蒟蒻《こんにやく》、大根の煮つけに、干し菜っ葉の味噌汁と大根と胡瓜《きゆうり》の漬物の晩飯を、四人は黙々と食った。

夕暮れが迫った囲炉裏部屋を、一灯の行灯《あんどん》と囲炉裏の炎がほの明かりにくるみ、四人の飯を咀嚼《そしやく》する音だけが聞こえていた。

江戸を出て五ヵ月目、公平は田舎料理の辛みの強い味つけにようやく慣れた。

麦飯を美味《うま》いとは思わなかったが、辛みの強い味つけに慣れると、いっぱいに麦飯を頰張《ほおば》って食うようになった。絶えず口いっぱいに飯を頰張り、美味い料理を味わう満足より、腹いっぱいに食う満足にも慣れた。

公平は素早く食べ終わったが、甚助と安吉は公平よりまだ早かった。二人は、ほうじ茶を音をたてて飲みつつ、公平が食い終わるのを見守っていた。

「江戸で、弥作の仲間だった公平さんだ」

お竹は亭主の甚助と倅の安吉に言った。けれど二人は、「ほうか」「ああ」と公平を見かえしたばかりで、それが普通なのか、それとも腹に何か含んでいるのか、家に戻ってから、ひと言も話しかけてこなかった。

「いただきました」

公平が碗と箸をおき、「茶だ」とお竹が出した茶を一服していると、

「よっぱら食ったかね」

と、甚助が朴訥《ぼくとつ》な口ぶりで公平に初めて話しかけた。

四ヵ月がすぎた八州《はっしゅう》の旅暮らしで、よっぱら、が十分にという意味であることはわかっていた。

「へえ。腹いっぱい食いました。ありがとうございました」

公平はほうじ茶を飲み乾《ほ》し、「じゃあ、おれはこれで……」と、立ちかけるのを甚助が止めた。

「まだいがっぺ。江戸の上等の酒ではねえが、濁《にご》り酒がある。呑んでいけえ。おめえに弥作のことを訊《き》きてえ。安吉、酒を持ってこい」

安吉は何も言わず、土間の棚の大徳利と碗を三つ持ってきた。そして、「さあ」と、碗を公平に差し出した。もとよりお竹に、ちいっと訊ねてえこともあんべえし、と言われたときからそのつもりだった。公平は碗を受けとり、

「いただきます」

と、安吉が徳利を傾ける濁り酒を碗に受けた。

甘いとろみのある濁り酒を、ゆっくりと口に含んだ。独特の香りが、野州の野山を感じさせた。

「女房に聞いたが、おめえらの稼業を、もう一度聞かせてくれねえか」

「へえ」

公平は両手で持った碗を胸の前で止め、頷いた。甚助と安吉も、濁り酒をすするように呑み、お竹は笊《ざる》に盛った干し芋を酒の肴《さかな》に出した。

土間の明かりとりの格子《こうし》ごしの夜空は、ついさっきまで青味を残していたのが、いつの間にか漆黒《しっこく》に塗りこめられていた。

「てき屋だべぇ。てき屋ぐらいおれだって知ってる」

安吉が不満そうに、公平の話を途中で遮《さえぎ》った。立てた片膝の膝頭にのせた片手を拳にし、一方の手で碗の酒を持ちあげた。

甚助とお竹は、囲炉裏の火を黙って見つめている。

「村祭の折りに、神社や寺の境内に建てた掛小屋や地べたに敷いた茣蓙《ござ》にいしけえ売物を並べ、客に調子のええ声をかけて買わせるんだべえ。そんな物を売り歩ってるしがねえ旅暮らしだべえ。百姓がいやだと村さ出て、そんな稼業にしか就けねえなら、百姓やってたほうがよっぽどましだべえ」

うめき声のような吐息をもらした甚助が、公平に言った。

「公平さん、歳は幾つだね」

「この春、二十三歳になりました」

「二十三か。若《わけ》えな。まだ先の長いその歳で、なしててき屋稼業を始めた。ほかの生き方は見つからなかったのけえ」

「てき屋がおれの性分に合っていたんです。なんにも縛られたくなくて、自由気ままに暮らしたかった。食ってさえいけりゃあ、てき屋でもかまわねえと始めた稼業です。今は先のことなんか、何も考えちゃあいません。風の吹くまま、気の向くままです。それが気楽でしたから」

「甘えべな。若えうちはええが、歳をとったらそったらわけにはいかねえべえ」

安吉が言い、甚助が言い添えた。

「そったら生き方をして、おめえの親の気持ちさ考えたのけえ」

公平は照れ臭そうな笑みを、甚助に投げた。

「親父は、江戸の高砂町《たかさごちょう》で小さな表店《おもてだな》を営んでいました。商売がいきづまったとか、親父とお袋の不仲とかいろいろ重なって、おれが八つのとき親父が心中を図ったんです。お袋と親父は、そのとき亡くなりました。おれは五つ年上の姉ちゃんに手を引かれて逃げ出し、命が助かったんです。親父に出刃包丁で刺されたお袋のかえり血を浴びた姉ちゃんが、おれの手を引いて町内の自身番へ逃げこまなかったら、おれは八つのとき、親父に出刃包丁で刺されて死んでいたんです」

公平は、そう言って碗をあおった。

「そしたら、姉とおめえだけが……」

「はい。姉ちゃんとおれだけが生き残ったんです。親はいません」

甚助とお竹と安吉は何も言わず、公平を見つめていた。

公平は安吉に向いた。

「安吉さん、てき屋みてえな稼業にしか就けねえなら、百姓やってたほうがよっぽどましだと仰《おつしや》ったのは、おれもそう思います。思うに、そんなてき屋みてえな稼業にしか就けねえ者も、世の中にはいます。けど、おれのことより弥作兄さんのことをお話しします」

公平の碗に安吉が酒をついだ。

「弥作兄さんとは気が合いました。気のいい人で、おれが年下だからと、いろいろ面倒を見てくれたんです。弥作兄さんはおれみてえに、てき屋稼業が自由気ままでいいなんて思っちゃいなかった。てき屋稼業から足を洗って、真っとうな仕事に就かなきゃあとよく言ってたし、おれにも自分をもっと大事にしなきゃいけねえと言ってたぐらいですから。一度、弥作兄さんにどうして百姓をやめたんだいって訊いたことがあります。そしたら、弥作兄さんは、そうだなって、しばらく考えていました。それから言ったんです。先祖伝来の広い田畑がある百姓に生まれたわけじゃねえ。できのいい兄さんがいて、兄さんひとりで十分やっていけるぐらいの田畑を耕してきた百姓だ。兄さんに比べたら、おれはのろまで、気の利《き》かねえでれすけだ。おれが継げるほどの田畑はねえし、兄さんのやっかいになるしかねえ。けど、おれみてえなできの悪い穀潰《ごくつぶ》しがいると、兄さんは嫁っ子ももらえなくなっちまうだろう。このままじゃあ、兄さんを困らせるだけだから、おれなんかいねえほうがいいと思った。だから、十七のときに家を飛び出したと……」

「やっかいなんて、思うわけねえべえ。一緒に育った兄弟じゃねえか」

安吉が、語気を強めて公平に言った。

「弥作兄さんは、安吉さんを自慢に思っていたんですよ。頭がよくてなんでもできて、おれがへまをやってもいつも庇《かば》ってくれる頼りになる兄さんだったと、何度も聞かされました。本当は、いねえほうがいいと思ったのは口実で、いつか安吉兄さんにましな人間になった自分を、見せたかったんじゃねえかと思います。お父っつあんやおっ母さんにも、安吉兄さんと同じように、一人前になった自分を見せたかったんじゃねえかと思います」

「できのいい倅だろうとそうでない倅だろうと、倅の身は気にかかる。親にとってはどっちも同じ倅だからな。そうだべえ」

お竹が甚助に言い、甚助は「うんだ」とこたえた。

「去年の春、てき屋に見きりをつけ、郷里に戻ってまた百姓をすると言ってたんです。お父っつあんもおっ母さんも兄さんも、きっと許してくれるって。おれにだって、いい加減に足を洗えって言ってたんだけど、口ではああ言いながら、やっぱり帰りにくかったのかな。家を出るときは五年と思っていたのが、七年も親不孝をしちまったって、兄さん、悔んでいたからな。あれからまた一年がたっているのに、どうしたんだろう」

甚助は、またうめき声のような吐息をもらした。安吉は黙りこんでいた。村の田んぼのほうから、はや蛙《かえる》の鳴き声が聞こえていた。

しばしの沈黙が続いてから、「お父《どう》」とお竹が甚助を促した。

甚助は「うんだな」とこたえた。

碗をひと舐《な》めしてから囲炉裏端においた。

「年が明けてから、半月ばかり江戸に用があって戻ってきた村の者から、江戸で弥作を見かけたと聞かされた。江戸の吉原っつう盛り場さあんだべ。江戸へいった土産話に、村の者らと吉原見物をした。そしたら、その吉原の往来で、家出した弥作と、ぱったり出会ったんだと。なんの仕事をしているのかは詳しくは言わなかったが、吉原の仕事を請け負っている菊蔵《きくぞう》っつう親方の下で、だいぶ重要な仕事を任されていると言ってたそうだ。着流しの気楽そうな風体だったとも」

「吉原っつうのは、女郎屋が沢山ある盛り場だべ。花魁《おいらん》とかいう女郎衆さ、いっぺえいるんだべえ」

お竹が心配そうに言い添えた。

「一年前、夜明け前に千住宿で別れるとき、弥作兄さんはおれに、郷里に遊びにこいよって……」

公平が首をひねり、自問するように呟《つぶや》いた。

「千住宿から吉原は遠いのけえ」

安吉が訊いた。

「遠くはねえが、江戸へ引きかえさなきゃあならねえんです。浅草《あさくさ》の北の田んぼの中にあります。あのまま真っすぐ郷里へ帰ったんじゃなく、吉原へ引きかえしたのか。兄さんに何があったんだ。吉原の仕事を請け負っている菊蔵って、どういう親方だろう。聞いたことがねえし」

「公平さん、おめえ、江戸に戻る機会があったら、吉原へいって、弥作に会ってきてくれねえか」

やおら甚助がきり出した。

「本人は、菊蔵っつう親方の下で重要な仕事を任されているつもりかもしれねえが、弥作のことだ、どんなへでなしな渡世を送っているか、わかったもんじゃねえ。もしも弥作がお縄にでもなるようなことを仕出かしたらと、気が気でねえ。弥作に会ったら、みなおめえの身を心配してる、家出をしたことは怒っちゃいねえからもういい加減にして、村さ戻ってこいと伝えてくれねえか」

「村で新田さ開く話があるんだ。仕事はある。兄弟力を合わせて、先祖伝来の田畑さ守っていこうと安吉も言ってたと、それも伝えてくれねえか」

安吉が、言葉つきを改めて言った。

物思わしげなお竹の様子に、倅の身を案じている母親の心根がうかがえた。

公平は三人に、どうこたえたらいいのか、わからなかった。ただ、

「うん……」

と、曖昧《あいまい》に頷いた。

ふと、姉のお英《えい》の面影が脳裡をよぎった。

姉のお英は、二十歳のときにお牧《まき》を産んだ。知り合いにお牧を預けて吉原へ身売りをし、《備後屋《びんご》》という中見世《ちゅうみせ》の部屋持ちの花魁になっていた。

公平にとってお英は、母親代わりであり、父親代わりであった。自分を守ってくれたお英の恩に、報いたかった。

少しでも、お英やお英の娘のお牧の役にたちたかった。

五尺五寸の痩せた公平の身体は、鉄のような強靭《きょうじん》な筋に覆われていた。

腕っ節は拳の一撃で相手の骨をもくだくほど強く、それでいて俊敏に走り、軽やかに跳躍し、やんまのように鮮やかに宙がえりを打つことができた。

やんまの公平、とてき屋仲間の間で綽名《あだな》がついた。

親方の帳元《ちょうもと》に、その腕っ節の強さを見こまれ、ときどき、てき屋の仕事の裏で別の仕事を言いつけられた。親方に刃向かう者らに、こっそり、焼きを入れたり痛めつけたりして言うことを聞かせる仕事だった。

表だってはできない、あぶない汚れ仕事だった。

だが、仕事を請けると金になった。相手はみなその筋の悪だったし、てき屋の儲《もう》けよりいい金になった。

公平は、姉のお英を吉原から身請けし、お英と幼いお牧が一緒に暮らせるようにするための金を稼ぐつもりだった。

数年前、てき屋同士の縄張り争いがあった。頭の帳元から、縄張り争い相手の三《み》田上高輪村《たかみたかなわ》の帳元・為右衛門と倅の久太郎を痛めつけて嚇《おど》せ、と言いつかった。殺すつもりはなかった。痛めつけて嚇すだけだった。

ところが誤って、為右衛門と久太郎を死なせてしまった。

南八丁堀《みなみはっちょうぼり》の裏店《うらだな》を、町奉行所の捕り方が囲んだのは、三年後の去年の十一月、小雪がちらちら舞う冬の夜だった。おびただしい御用提灯がとり囲む中、公平は町家の屋根から屋根へと飛びこえ、最後は土手蔵の屋根より南八丁堀の黒い水面へ身を躍らせ、凍てつく冬の海へ逃れ出たのだった。

江戸町方《まちかた》から追われる身となり、旅暮らしを始めて四ヵ月がすぎ、五ヵ月目になった。ほとぼりが冷めるまで、江戸に戻ることはできなかった。三年、五年、十年、いや、一生江戸には戻れないかもしれなかった。

結局、おれは、姉ちゃんの役にもお牧の役にもたてなかった。おれみたいな男を半端者《はんぱもの》とは、よく言ったものだ。

お英に何も言わず江戸を出たのが心残りだった。

お英に会ってせめてひと言、「姉ちゃん、心配かけてご免な」と言いたかった。

吉原までなら……

と、公平は考えた。

「承知しました。江戸にし残した用があります。いつまでにと、はっきりとは言えねえが、その折りに吉原へいって弥作兄さんに会ってきます。お父っつあんと安吉さんの言葉を、弥作兄さんに必ず伝えます。弥作兄さん、おれが大谷村から戻ってきたと言ったら、きっと吃驚《びっくり》するだろうな」

「呑め」

安吉が公平の碗に濁り酒を満たした。

甚助はお竹に頷きかけ、お竹が座をはずした。しばしの間をおいて戻ってきたお竹が、公平の膝元に「これを」と、小さな紙包みをおいた。

公平は碗を持ったまま、甚助へ目を向けた。

「わずかだべえ。江戸までの路銀の足しにしろ。わざわざ訪ねてくれたお客に、面倒さかけ、済まねえと思うが……」

「面倒じゃありません。江戸へ戻るついでがあるんです。世話になった弥作兄さんを訪ねるぐらい、どうということはねえんです。これは困ります」

公平は、紙包みをお竹のほうへ押し戻した。

「遠慮はいらねえべえ。弥作の話を聞かせてくれた礼だ。久しぶりに弥作の話が聞けて嬉しかった。そうだっぺ」

「そうだ。これぐれえのことしかできねえのが、心苦しいぐらいだ。気にせず、受けとれ」

お竹がまた、紙包みを押し戻した。

公平は戸惑いながら、お竹から甚助、安吉へと見廻した。田んぼのほうから、蛙の鳴き声が聞こえている。庭の馬小屋で、馬が鼻息を鳴らした。

第一章　鬼婆あ

一

京橋《きようばし》南、銀座町《ぎんざちよう》三丁目の小路を観世《かんぜ》通りのほうへ折れた即席御料理屋《丸中《まるちゆう》》の二階座敷では、その宵、五人の男たちの酒宴がささやかに開かれていた。

それぞれの銘々膳に、刺身や焼魚の皿、天麩羅、膾《なます》、和《あ》え物の鉢、吸物の椀や猪口《ちよく》が並び、陶器の酒器の下り酒が芳醇な香りで四畳半を彩っていた。

五人の中心は、白衣に黒羽織の定服《じようふく》を着けた南町奉行所定町廻《じようまちまわ》り方同心・初瀬《はつせ》十五郎《じゆうごろう》で、初瀬の左右の、小路に面した連子窓《れんじまど》側と廊下を仕きる襖《ふすま》側に、それぞれ着流しに羽織を着けた四人の男らが、二人ずつ膳を並べている。

四人は、築地《つきじ》川に架かる萬年橋《まんねんばし》の袂《たもと》から西堤を、南へ半丁《ちよう》まではいかない川沿いの、古びた土蔵で《末成り屋《うらなりや》》を営む読売屋である。

町方と読売屋の妙なとり合わせだが、一方は不浄役人と言われ、一方はいかがわしき瓦版売りと白い目で見られる者同士、これでも持ちつ持たれつの間柄である。

読売屋は、火事、天変地異、仇討《あだうち》や心中、物盗り強盗、流行病《はやりやまい》の風説種《ふうせつだね》、神仏の御利益《ごりやく》、畸人《きじん》伝、孝行美談の閑種《ひまだね》、なんとか節《ぶし》や数え唄などの流行唄物など、世間の様々な出来事の虚実を探り出して読売種にする。

中でも、町奉行所の見廻り方から聞ける災難や事件の表沙汰にできない裏側や、町民のうかがい知れないお上《かみ》の政《まつりごと》の裏事情は、売れ筋の読売種のひとつだった。

一方、見廻り方にとっても、読売屋が江戸市中の隅々を嗅《か》ぎ廻って拾い集めてくる噂や評判は、張りめぐらした蜘蛛《くも》の糸にからまった獲物のひとつである。美味そうな獲物だけを食い散らかしてあとは捨てても、読売屋に文句は言わせない。

すなわち、見廻り方と読売屋が、たまにささやかな酒宴を開き、持ちつ持たれつのかかわり合いを結んでいるのは、案外、双方に都合がよかった。

言うまでもないが、酒宴の代金は読売屋持ちである。帰りには相応の心づけを中に忍ばせた手土産を見廻り方に持って帰っていただくのは、こういう酒宴の作法というものである。

宵の刻限が廻って、初瀬十五郎と末成り屋の四人との酒宴も、ささやかながらたけなわになっていた。酔って顔を赤らめた初瀬がしきりに喋《しゃべ》り散らし、末成り屋の四人は、笑ったり囃《はや》したり、ときに神妙な相槌《あいづち》を打ち、しかりさようでごもっともと首肯《しゅこう》したり、初瀬を持ちあげるのに余念がない。

だからな、と初瀬はおかしそうに言った。

「鍋島小右衛門《なべしまこえもん》は、おめえら末成り屋の四人が気に入らねえんだ。おめえらの血筋が鼻につくんだよ。公儀直参《じきさん》の旗本《はたもと》やら御家人《ごけにん》やらの部屋住みが、町民か二本差しかもわからねえ風体で、しかもいかがわしい読売屋なんぞを始めやがったのは、一体どういう了見《りょうけん》かと勘繰《かんぐ》りたくなるのは当然さ。おれだって、今じゃおめえらを見どころがある、ただの読売屋じゃねえと買ってはいるが、初めは、こいつら油断がならねえ、何をたくらんでいやがると、不審に思ったもんさ。修斎《しゅうさい》、おめえがおれと同じ立場だったらそう思うだろう」

「ごもっとも。わが女房ですら、わたしをまじまじと見つめ、どう見なおしても怪しい、と言っておりますから」

初瀬の右側の連子窓を背にした修斎が、総髪《そうはつ》を束ねて背中に長く垂らした痩せた身体を丸めて言った。

「三流、おめえはどうだ。当然、そう思うよな」

「思いますとも。われながら、傍《はた》から見ればわが風体、さぞかし怪しかろう、と思わないではいられませんよ」

と、修斎と膳を並べたこちらは肩幅が広く厚い胸を反《そ》らせた三流が、隣の修斎と顔を見合わせ、頷き合った。

修斎は錦《にしき》修斎、三流は鍬形《くわがた》三流である。

錦修斎は、総髪を後ろで結わえて背中に長く垂らし、背丈は六尺の痩軀である。いつも、背が高く目だつのが気恥ずかしそうに、痩せた背中を丸めている。

御徒町《おかちまち》の御家人・中原《なかはら》家の三男・中原修三郎《しゅうざぶろう》、三十一歳である。末成り屋の絵師を務め、築地川沿いの末成り屋の土蔵の二階が仕事場である。

町絵師としても近ごろは名が知れ始めており、築地木挽町《こびきちょう》の裏店で町芸者の女房・お万智《まち》と二人暮らしである。

隣の鍬形三流は、背丈が五尺四寸の小柄ながら、広い肩幅と頑健そうな分厚い胸板をいつも反らせ、修斎と同じく、《末成り屋》の土蔵の二階で、読売の彫《ほり》と摺《すり》、さらに半紙二枚重ねの耳を糸で綴《と》じたり糊でつけたりする四枚だての、仕あげまでをこなしている。

歳は三十歳。元は本所《ほんじょ》の御家人・本多《ほんだ》家の次男の本多広之進《ひろのしん》である。女房のお佳《か》枝《え》は、三流よりおよそひと廻り年上の、芝口新町《しばぐちしんまち》で親の代から船宿《汐留《しおどめ》》を営む美人女将《おかみ》である。

二人の間にはお佳枝の連れ子の、十歳の桃吉《とうきち》がいる。

「怪しいと言やあ、鍋島の野郎の草鞋《わらじ》の裏みてえなでかい面《つら》のほうが、怪しさじゃあおめえらに負けちゃいねえがな」

あっはは……

初瀬が嫌みをこめて笑い飛ばした。

鍋島小右衛門は、初瀬の同僚の南町奉行所臨時廻り方同心である。初瀬と鍋島は同じ中年の年ごろの朋輩ながら、互いに反りが合わない。

本人がいないところでは、どちらも糞みそにけなし合っている。

「殊《こと》に鍋島が嫌うのは、末成り屋の気どった口上《こうじょう》があるだろう。ほら、あの……和助《わすけ》、ありゃあなんだっけ」

「え、なんでしょうか?」

初瀬に声をかけられた和助は、この一座の中では一番歳の若い二十代の半ばである。修斎と三流に向き合って、三流の正面の膳についている。後ろは、廊下との仕きりの引き違いの襖である。

「なんでしょうかじゃねえよ。目とか耳とか口とかがどうたらこうたら言う、例のあれだよ」

「ああ、見えぬ目で見て、聞こえぬ耳で聞き、語れぬ口で語る、ですね」

「そう、それだ。おめえらの妙に気どった、しかも腹に一物《いちもつ》あって、そいつは譲れませんよ風な口上が、学問に縁のねえ鍋島の野郎には、癇《かん》に障るのさ。その野暮《やぼ》で垢抜けねえ口上は、おめえが考えたのか」

初瀬がからかって言ったので、和助は噴き出した。

「わたしじゃありませんよ。あれはわれらが頭の読売屋天一郎《てんいちろう》が考えた、末成り屋の性根《しょうね》です。ねえ天一郎さん」

と、和助はわざとらしい真顔になって、修斎と向き合う隣の天一郎に言った。

和助は、末成り屋では唄《うた》や和助で通っている。

二十五歳と末成り屋の中では一番若く、五尺五、六寸の中背痩軀に、文金拵《ぶんきんこしら》えの遊び人風体の頭には置手拭、字突き一本を手にして読売を売り歩く末成り屋の売《うり》子《こ》である。

芝三才《しばさんさい》小路の御家人・蕪城《かぶらぎ》家の四男の蕪城和助。女房はない。

そして、その和助に、天一郎さんと呼ばれた天一郎は、五尺八寸少々の涼しげな痩身へ、紺地に吹き寄せ小紋の着流しと、独鈷《とっこ》の博多《はかた》帯を締め、その上に鈍茶《にびちゃ》の羽織の、いつもの目だたない恰好である。

月代を綺麗に剃《そ》った小銀杏《こいちょう》の下に広い額と、眉尻の鋭い奥二重の目にやや鷲鼻《わしばな》の尖《とが》った鼻とこけた頬、太めの唇、わずかに骨張った顎《あご》が、天一郎の顔つきを固く一徹な気性に見せている。

ただ、さり気なくかえした眼差しに、本人も気づいていないようだが、心なしか寂しげで物悲しげな影のようなものを秘めているのは、築地界隈《かいわい》で読売屋天一郎と名の知られているこの男の育ちのせいなのかもしれなかった。

名は、水月《みなづき》天一郎。元御先手組《おさきてぐみ》三百石の旗本・水月閑蔵《かんぞう》の倅である。

この春三十一歳になった末成り屋の主人である。

初瀬は杯をすすり、わざとむずかしい顔つきを作って天一郎へひねった。

「やっぱりそうか。じつは、天一郎じゃねえかなと、おれも思っていたんだ。八丁堀育ちのおれに言わせりゃあ、あんな気どった口上を照れもせず言うってえのは、野暮だね。天一郎は野暮でいけねえ。この男は、公儀直参の旗本の血筋で、生まれはいい。見たことはねえが、腕もたつのはわかってる。これでも、おれだって二本差しだからよ。見なくてもわかるさ。むろん、おめえらもそれなりに腕がたつのはわかっているぜ。しかし、やっぱり天一郎が四人の中じゃあ一番だよ。それに頭もいい。度胸もある。おまけに男前ときた。ところが……」

と言いかけて、うっぷ、と大きな噯《おくび》をもらした。

「野暮ってえのが、この男の欠点さ。野暮だから、当然、垢抜けねえ。だから、末成り屋の読売の売れゆきも今ひとつなのさ。売れねえわけじゃねえ。ちょいとは売れる。だがちょいとしか売れねえ。大売れしねえのは、天一郎の野暮のせいだ。和助、おめえもそう思うだろう」

「はいはい、思いますとも。天一郎さんは野暮で、垢抜けませんよね」

和助が初瀬に調子を合わせた。

連子窓側の修斎と三流は、あは、と声をたてて笑い、襖側の天一郎はただ、にやついているばかりである。

「けどな、和助はまだ若僧だからわからねえだろうが、おれが天一郎を買うのは、じつはそこなのさ。天一郎は、野暮を承知で一本気にてめえを貫き通してくる。読売の売れゆきが今ひとつを承知で、正眼《せいがん》にかまえて真っすぐ打ちこんできやがる。野暮で垢抜けねえのがどうした、文句あるかってな。そこが天一郎の見どころなのさ。鍋島は、草鞋の裏みてえなあの面で、内心は天一郎を恐れているのさ。末成り屋に嫌がらせをしながら、腹の中じゃ、天一郎を怒らせるとまずいぞと、びくついていやがるのは、こっちはちゃんとお見通しさ」

「なるほど。天一郎さんは野暮を承知で一本気にてめえを貫き通してくる、と仰るのは慧眼《けいがん》です。さすがですね、初瀬さま」

「そうか、和助、おめえにわかるかい」

「わかりますとも。わたしだって、天一郎さんがどんなに野暮で垢抜けなくても、末成り屋の頭に一番相応《ふさわ》しいと、思っているんですから」

「おれはな、常々、天一郎に言うんだ。おめえの一途《いちず》な野暮には見どこ……」

「初瀬さま、それまでに」

と、天一郎がにやにや笑いのまま口を挟んだ。

「わたしのことはそれまでにして、《鬼婆あ《おにばば》》の話を聞かせていただけませんか。読売種になる吉原の鬼婆あの話が、まだ始まっていませんよ」

「あ、そうだった。鍋島に躓《つまず》いて、肝心の話の幕が開かねえぜ。ええっと、どこまで話したっけ」

「ですから、末成り屋の読売種になりそうな吉原の鬼婆あの話を、今宵の土産に仕入れてきたんだぜ、というところまでです」

「それそれ。この話は小種でも、おめえらの扱いようによっちゃあ、人の心根をほろりとさせる人情話に育つ見こみがある。芝居と同じで、読売種も心中物とか世話物が世間受けするんだ。天一郎は野暮で、そういう涙を絞る心中物とか世話物に気乗りしねえから、末成り屋の読売は売れゆきがよくねえのさ」

「末成り屋の読売の売れゆきがよくないのは、重々わかりました。何とぞ鬼婆あの話をお進めください」

「わかってるよ。慌てるんじゃねえ。今話すから」

初瀬は、杯をまた無粋《ぶすい》な音をたてててすすった。それから、熱燗《あつかん》の徳利を自ら傾けて酒を満たした杯を、再び持ちあげ、話し始めた。

「なんで鬼婆あかって言うと、その女は揚屋町《あげやまち》の備後屋という中見世の、鬼のように冷酷非情な遣手《やりて》婆あだからだ。名前はお稲《いね》。歳は五十九の皺くちゃの婆あだが、真っ赤な鬼のような形相《ぎょうそう》をしていやがる、かどうかは、こいつは隠密《おんみつ》廻りに聞いた話だから知らねえ」

町奉行所の隠密廻り方には、吉原の面番所《めんばんしょ》に出張《でば》り、吉原の大門《おおもん》内外を見張る役目がある。

「とも角《かく》、お稲は四十歳の前ぐらいに備後屋の遣手に納まったらしく、およそ二十年にわたって花魁や新造や禿のとり締まり役を務めてきた。二十年前と言やあ、宝暦の世の吉原に、松の位の太夫がいたころさ。その前のお稲は、じつは河岸《かし》見世の女郎だったらしく、河岸見世の女郎がどういう事情で備後屋の遣手に雇われたのか、なんせもう二十年も前の先代が決めたことで、今の主人もよくは知らねえそうだ。で、それまでは西河岸あたりの小見世《こみせ》の女郎だったから、働きが悪くて主人や遣手にさぞかしひどい目に合わされてきたんだろう。てめえが女郎をとり締まる立場になった途端、お稲はそれまでの意趣《いしゅ》がえしをするかのように、情け無用の鬼の遣手に変貌したってわけさ」

初瀬はそこで、持ちあげた杯をひと息にあおった。

天一郎が初瀬のそばへ膝を進め、「どうぞ」と徳利を差し出した。「おう」と初瀬は受けながら、話を進めた。

「遣手というと、妓楼《ぎろう》の二階のいっさいをとり締まる役目を負っている。その妓楼一番の稼ぎ頭の花魁だろうと、遣手の指図は受けなきゃならねえ。つまり、妓楼の女郎衆の女親分みたいなもんだ。そいつはおめえらも知ってるな」

わかります、と四人はそろって頷いた。

「女郎だったころはいざ知らず、何年もたたずに、備後屋のお稲と言やあ《鬼のお稲》と、吉原中の女郎衆に知られるようになった。女郎にちょいとでも不始末があったら、昼三《ちゅうさん》だろうと附廻《つけまわ》しだろうと、座敷持ちだろうと部屋持ちだろうと、容赦なく折檻《せっかん》さ。花魁が客の機嫌をとり損じ、客が暴れ出したりとか、気分がすぐれず務めをないがしろにしたとか、馴染《なじ》み客がこなくなり、手明きになっちまったとか、たちまち打擲《ちょうちゃく》の折檻だ。お稲は若い者に指図せず自ら鞭《むち》をふるうそうで、泣いて詫《わ》びても勘弁しねえし、それが続くと何日も飯断ち、雪隠《せっちん》の掃除、ひでえときは井戸端で丸裸にして縛りあげ、息もできねえほど水を浴びせかける。禿の寝相《ねぞう》が悪いと折檻、言葉遣いが汚いと折檻、口ごたえをしたと折檻、食い意地が張っていると折檻、病気になって養生《ようじょう》をなどと言い出した日にゃあ甘ったれるんじゃねえと折檻。二階の遣手の部屋でお稲の怒鳴り声が始まったら、備後屋の女郎衆は、今日は誰がやられているんだい、とみな震えあがったもんだ」

「そんな恐ろしい遣手なら、女郎の折檻で死人を出したとか、そういうのもあるのでは？」

天一郎が間《あい》の手《て》を入れた。

「それよ。五、六年前、部屋持ちの附廻しの花魁が稼ぎが悪く、お稲の日ごろの厳しい叱責《しっせき》や折檻に耐えかね、てめえの部屋で胸をひと突き、ぐさりとやったと言われている。部屋は血の海だった。見たわけじゃねえがな。お稲は女郎衆の見せしめに、若い者にさせず、まさに鬼の形相で自ら亡骸《なきがら》の両手両足を荒縄で縛り、荒菰《あらこも》でぐるぐる巻きにした。そのむごたらしい様を見守っていた女郎衆の中には、卒倒《そっとう》する者も出たぐらいだった。さすがに荷車は若い者に牽《ひ》かせたが、箕輪《みのわ》の投げこみ寺へ運んでいって埋めちまった。それからお稲は、それまでのただの鬼のお稲じゃなく本物の《鬼婆あ》になった。吉原の揚屋町には、鬼婆あが棲《す》みついているってな。ところが……」

初瀬は車海老の天麩羅にかぶりつき唇を脂ぎらせて、「うめえ」と言った。

「その鬼婆あも、およそ二十年の歳月をへて、いよいよ年貢の納めどきがやってきたってわけさ」

と、天麩羅を賑やかに咀嚼《そしゃく》しながら続けた。

「今年五十九歳なら、けっこうな年寄りです。暇を出されたんですか?」

天一郎は初瀬の杯に徳利を傾けた。

「そういうわけじゃねえ。去年の暮れまでは、衰えを見せぬ鬼婆あだった。ところが年が明けた正月のある日、突然、胸を押さえて動けなくなった。ばったりと倒れて寝こんじまった。歳だから長年の疲れが出たんだろうと、医者も呼ばず二、三日養生してから起き出し気丈に務めていたが、二月になってまたぶっ倒れたからもういけねえ。医者の診たてでは、心の臓がだいぶ弱っている、安静にしてねえと命にかかわる、と言うじゃねえか。そこでお稲の身寄りはと捜したが、身寄りはひとりもいねえ。しかも、二十年勤めた給金を何に使ったのか、大した蓄えもねえ。鬼婆あが、ただの身寄りのない貧乏な病みついた年寄りになっちまった」

「お稲は、今はどうしているのですか」

修斎が初瀬に酌をして、訊いた。

「そこよ。備後屋の主人も、二十年も務めたお稲を、病気になったからと急に放り出す、そんな不人情は体裁が悪い。吉原の《松葉屋《まつばや》》の寮が箕輪の田んぼの中にある。主人はお稲をひとまず松葉屋に申し入れて、寮に入れて養生させることにした。しかしだ。お稲の病は治る見こみはねえらしいんだ。ほぼずっと、安静にしていなきゃあならねえ。一体いつまで、と主人は思い悩んでいる。というのも、妓楼の寮は本来、花魁の養生のために使うものだし、しかも養生する花魁当人が代金を払うのが決まりさ。当人のお稲に金がなきゃあ、主人が払うしかねえ。するってえと、仏の顔もそんなに長くは続かねえのは世の常だ」

「すると、お稲は寮を追い出されそうになっているのですか」

「女郎衆に、鬼婆あと恐れられ嫌われていたからと言って、病の年寄りを追い出すのは可哀想ですよ。おひとつどうぞ」

と、修斎に続いて三流が初瀬の膳の前まできて、徳利を差し出した。三流の隣へ和助も加わり、「初瀬さま、お注《つ》ぎします」と酌をし、初瀬は「済まねえ」「頼む」「こっちもかい」と、受けては呑み乾し、呑み乾しては受けながら続けた。

「一方、お稲のほうはすっかり観念して、大人しく寝たきりの日々だった。ところがそのうち、鬼婆あのお稲が毎日泣き暮らしているという噂が、吉原の女郎衆や奉公人の間に広まった。なんで泣いているかというと、お稲には、女郎奉公をしていた若いころ、客との間にできた倅がいたそうだ。生まれてすぐ里子《さとご》に出し、今はどこでどう暮らしているのか誰も知らねえ、お稲以外はな。が、どうやら里子に出した先がけっこうなお店か身分の高《たけ》えお武家で、倅はそのうちに里子に出された先と養子縁組をして、立派に成長し、今じゃ家督《かとく》を継いでいる。お稲は病が癒《い》えずこのまま死んでしまう定めなら、せめてひと目、立派に育った倅に会いてえ、倅を捨てたことを詫びてえと、泣き濡れる毎日らしい」

「里子に出した先が、けっこうなお店かそれなりの身分の武家ということは、お稲を孕《はら》ませた客が、そういう身分や家柄だったということなのですね」

天一郎が訊いた。

「そいつはわからねえ。そうかもしれねえし、そうでねえかもしれねえ。何しろ噂にすぎねえ。お稲は何も話そうとしねえんだ。ということは、案外、同情を買うための、お稲の作り話かもしれねえしな」

初瀬はまた酌を受けて、勢いよく呑み乾した。

「いいか、天一郎。お稲の倅の話が本物かどうかはおいといてだ。不治の病に罹《かか》った吉原の遣手婆あが、倅を思って鬼の目に涙ってえのは、客の涙を誘う売れ筋の読売種になるはずだぜ。栄枯盛衰、かつては評判の花魁も消え果て、鬼婆あと恐れられる遣手となった末に病に倒れ、今は別れた子を偲《しの》んで病の床に臥《ふ》して泣き濡れる年老いた女の姿に、儚《まかな》き世の無常が感じられねえか。鬼婆あと言われるほど非情な女の腹の底に、人知れず倅を恋しく思う母親の人情が隠されている。鬼婆あの非情とわが子を思う母の情、その落差に客は悲しい過去やわけありを、勝手に思い描くってわけさ」

「なるほど、そうですね。どうぞ」

と、天一郎はあっさりかえし、初瀬の杯に徳利を傾けた。

「なんだい。せっかく間違えなく評判になる読売種を持ってきてやったのに、あまり気乗りがしねえってかい。頭の天一郎がそういう野暮を言ってるから、末成り屋の読売は評判が今ひとつなんだ。いいか、当世は吉原で人が死んだの消えたのは、珍しくもなんともねえ。殺しやら強盗やらの大そうな事件物とかは、要するにあまり受けねえ。みな心中物や世話物で、心地よく泣きてえ、悲し涙で袖を絞る読売種を読みたがっているのさ。そういう世の中なんだよ。天一郎は、世間に合わせてぱっと変わり身のいい粋なところがねえ。末成り屋も、もっと気を利かせて粋にならなきゃあ。なあ、おめえらもそう思うだろう」

「ええ、ええ。思います。思いますとも。初瀬さまの仰るとおりですよ。うちの頭は粋じゃありませんよね」

和助が調子を合わせてまた言い、向かいの三流が、

「和助、いい加減にしろ」

と、和助の月代を小突いた。

うっはっは……

初瀬は何がそんなにおかしいのか、身体をゆすって高笑いをしながら、うっぷ、とまた気色《きしょく》の悪い噯《げっぷ》を座敷にまき散らした。

二

一刻《いっとき》余ののち、三十間《さんじっけん》堀の新《あたら》シ橋《ばし》の架かる袂の河岸場から、ろれつが廻らないほどへべれけに酔った初瀬を、船頭に八丁堀の亀島《かめじま》橋まで言いつけて見送った。

それから四人は、新シ橋を木挽町三丁目と四丁目の境の広小路へ渡った。

昼間は売卜《ばいぼく》小屋、読売屋、様々な見世物小屋、楊弓《ようきゅう》場、諸商人の小店や、寄合会席の高級店、浄瑠璃《じょうるり》座の小屋、大芝居の森田《もりた》座と芝居茶屋などが通りの両側につらなって大いに賑《にぎ》わう広小路も、夜五ツ半（九時）をすぎたこの刻限は、風鈴蕎《ふうりんそ》麦《ば》の小さな明かりが遠くに見え、路地の角で客引きをしている白粉《おしろい》を塗りたくった女が、淫《みだ》らで妖《あや》しげな、しかしどこか寂しげな声を広小路に投げている。

初瀬の供応では呑み足らない四人は、末成り屋の近所の煮売《にうり》屋で一杯呑んでいこうと相談が決まった。

人通りの絶えた広小路を、四人は気ままな横並びに羽織の袖をなびかせ、草履をのびやかに鳴らした。

寒くもなく暑くもなく、眠るのが惜しいような心地よい夜だった。

酒に火照《ほて》った肌に触れる夜気が、晩春と次にくる夏の息吹きを伝えている。

「そこの姿のいいお兄さん方、ちょいと呑んでいきなさんせ」

路地の角に立った客引きの女が、四人に声をかけた。

呑んでゆくのは口実で、気が向いたら、須臾《しゅゆ》の間《ま》の一切《ひとき》り五十文《もん》か百文で、用を済ますこともできるそういう店の客引きである。

女にかまわず東へ向かう四人は、北側から南側へ、鍬形三流、錦修斎、水月天一郎、そして蕪城和助の順で、大体いつもそういう並びである。

末成り屋の土蔵は、木挽町広小路の盛り場を東へたどり、細川《ほそかわ》家中屋敷の土塀と采女《うねめ》ヶ原《はら》の馬場の間の道を築地川に架かる萬年《まんねん》橋の西詰までいき、そこから南へ四半丁をすぎ半丁まではいかないほどの川端にぽつんと建っている。

あたりは、采女ヶ原の東はずれの明地《あきち》で、小屋掛の煮売屋や縄暖簾《なわのれん》、長屋女郎が堤を通りかかる客を引く局見世《つぼねみせ》、物乞いまがいの大道芸人らが勝手に住みついた粗末な小屋が、総二階の瓦屋根を見あげるように、土壁の漆喰《しっくい》が所どころ剝《は》げた末成り屋の土蔵をとり囲んでいる。

むろん、町役人《ちょうやくにん》のいる町地ではない。町奉行所に見逃されているのではなく、そこら辺の塵《ちり》や芥《あくた》のごとき卑しい者らまでいちいちかまっていられない。そのうちに消えてなくなるさ、放っとけ、とそれだけである。

読売は、読売種を駿河《するが》半紙か鼠《ねずみ》半紙の半切に摺って畳んで売る。ひと昔前は大概半紙一枚だった。

宝暦のころより四枚だてを綴じた一冊八文が普通になった。

近ごろでは、馬喰町《ばくろちょう》の地本《じほん》問屋の《吉田《よしだ》屋》が、八枚だてに錦絵の表紙をつけ、一冊十六文で売り出した読売も出廻っている。

読売は《一本箸で飯を喰い》と世間からあざけられ、いい加減でいかがわしい稼業と見られている。

元旗本や御家人の倅四人が、天一郎を中心に読売屋を始めたのには、四人それぞれに抱える事情や運や廻《めぐ》り合わせが様々にからんだ経緯《いきさつ》がある。だが、今となってはすぎた経緯を他人に語って聞かせるなど、それこそ野暮である。

読売屋を始めたときから、四人の腹は決まっていた。

読売屋は、いい加減でいかがわしい稼業と見られてけっこう。世の中には、本当のような嘘、嘘のような本当がある。われらの読売は、世の中の嘘と本当のからくりの写し絵であれば十分と。

往来をゆく四人を、心地よい夜の吐息がなでていた。夜空の彼方に星が流れ、風鈴蕎麦の鈴の音が聞こえた。

「天一郎、吉原物をやるかい」

修斎が言った。

「年老いて病の床にある遣手が、若い遊女だったころに別れた子を偲ぶ。確かに客の同情を引く読売種になりそうだ」

天一郎はこたえた。すると和助が、

「お稲が遣手だった揚屋町の備後屋と言えば、てき屋の公平の、姉のお英さんが英《はなぶさ》の名で花魁をやっている妓楼じゃありませんか」

と言った。

「その備後屋だ。遣手のお稲の話は珍しい読売種ではないが、お英さんを思い出して、ちょっとそそられた」

「てき屋の公平とは、去年十一月の雪の舞う夜、南八丁堀の土手蔵の屋根から川へ飛びこみ、海へ逃げたあの公平か」

と、三流が訊いた。

「そうだ、やんまの公平だ」

「やんまの公平の姉さんが、お稲が遣手をやっていた備後屋の花魁なら……」

「お英さんから、遣手だったお稲の、案外、面白い話が聞けるかもしれない。明日吉原へいって、お英さんに会ってみるつもりだ」

「鬼婆あの目に涙か。わが子可愛や母恋しで、涙を誘う子別れ物でいけるぞ」

「じゃあ、天一郎さん、わたしも吉原へおともいたしますから」

和助が身を乗り出した。

「ああ。和助もいこう。訊き廻るのに人手は多いほうがいい。ただし、和助、妓楼にあがるのではないぞ」

「そうだぞ。末成り屋には、おまえが訊きこみと称して妓楼にあがる余裕はないのだからな」

「和助、仕事でいくのだ。浮かれちゃだめだぞ」

「わかってますって。あたり前じゃありませんか。仕事でいくんですから」

和助は殊勝に、だが少しはしゃぐように言った。

三

「せえい」

かけ声とともに、豆絞りの手拭を着流しの肩にかけたいなせな若い船頭が、櫓《ろ》を軽やかに軋《きし》ませ、一挺櫓の猪牙舟《ちょきぶね》は大川《おおかわ》から山谷《さんや》堀へ入った。

瓦焼きの松の臭いのする今戸《いまど》橋をくぐって、山谷堀に架かる山谷橋の河岸場で、天一郎と和助は猪牙舟から日本堤《にほんづつみ》へあがった。

二人は着流しに着けた羽織の袖を風になびかせ、日本堤を吉原へ向かった。

木挽町の河岸場から舟に乗る前に買い求めた京菓子の落雁《らくがん》の手土産を、和助が手に提《さ》げている。

日本堤は、山谷堀に沿って箕輪までおよそ十三丁、吉原までが通い馴れたる土手八丁と唄われる。

右手に山谷堀を見て、左手は馬道《うまみち》をすぎたあたりから浅草田町《たまち》の町並が続く。

田町の南方に広がる浅草田んぼの彼方に、木々に囲まれた浅草寺《せんそうじ》の堂宇《どうう》の甍《いらか》と五重の塔が見え、浅草田んぼの西の青空の下に吉原の町が見える。

朝の五ツすぎ、青い日射しが山谷堀にきらめき、川幅五、六間の山谷堀をわたる清涼な川風が、天一郎と和助の頰をなでた。

水が匂い、風が匂い、木々が匂い、花が香る季節である。

堤道の両側は、葭簀《よしず》を張り廻らした掛小屋が衣紋坂《えもんざか》までつらなっている。

しかし、昼見世の始まる刻限まではまだ間があって、どの掛小屋も商売は始まっていない。

ゆき交う人の姿も、吉原で商売をする行商や商人らが目だった。

衣紋坂より左に見返り柳、右に高札場《こうさつば》と吉徳稲荷《よしとくいなり》の鳥居と松を見て、茶屋が軒を並べる三曲がりの五十間道《ごじっけんみち》を大門《おおもん》へくだった。

お歯黒どぶを渡り、黒塗り板葺《いたぶき》屋根の冠木《かぶき》門の大門をくぐると、すぐ左手に町方の隠密廻りがつめる面番所、右手が四郎兵衛会所《しろべえかいしょ》である。

四郎兵衛会所から江戸町《えどちょう》一丁目の角まで、吉原最高級茶屋の《七軒《しちけん》茶屋》、江戸町一丁目から揚屋町《あげやまち》までと江戸町二丁目から角町《すみちょう》までが、《中長屋》と呼ばれる最高級に次ぐ茶屋、揚屋町と角町から京町《きょうまち》をすぎ水道尻《すいどうじり》まで、《水道尻》と呼ばれる茶屋が、店先に簾《すだれ》を垂らし、板葺の二階家を仲ノ町《なかのちょう》の両側につらねている様は壮観だった。

板葺屋根は、蔵をのぞき吉原の茶屋や妓楼は板葺とお上よりのお達しで決められているからである。

各々の町には屋根つき冠木《かぶき》門の木戸が設けられ、各町の往来の中央に用水桶と誰《た》そや行灯が備えられている。

仲ノ町に三月一日から植えられた桜の花はもう散って、明かりの消えた灯籠《とうろう》や葉ばかりを繋らせた桜の木は、次にくる夏の到来を伝えているかのようだった。

仲ノ町の桜並木は、月末には抜きとられる。

その仲ノ町の突きあたりに、秋葉常灯明《あきばじょうとうみょう》の銅《あかがね》灯籠と火の見櫓《やぐら》が小さく見えた。

江戸町二丁目と角町の角に青物市場《やっちゃば》と肴市場がたち、吉原で働く男衆《おとこし》や女衆《おんなし》、住人が集まっていて、市場の周辺は賑わっていた。

「夜は華やかな吉原でも、夜が明ければ、やっぱりどの町も同じ普段の風景が繰りかえされるのですね」

和助が、朝の日射しが降りそそぐ往来の、青物市場と肴市場で買い物をする人々の様子を見やって言った。

「吉原にひと晩で落ちる金は、三千両とも四千両とも言われている。ひと晩でそれほどの金が落ちないと、吉原はたたないそうだ。吉原は千金《せんきん》の街なのだな」

「ひと晩で？」

和助が目を丸くした。

「しかし、そこに暮らす人の日々には、どれほどと言える差はない。千金の街といえど、人が横たわるのに畳一枚もあれば十分足りる」

「ですが、千金の街に金の心配をせずたっぷり浸る、そんな生き方も面白そうじゃありませんか。美しい花魁の膝枕で、酒に酔い夢を見ながら、年老いて死んでいくんです。いいなあ。うっとりするような光景ですね」

天一郎と和助は顔を見合わせ、笑い声を交わした。

角町角の肴市場の賑わいを横目に見て、二人は角町と向き合う揚屋町の冠木門をくぐった。揚屋町の冠木門には屋根がない。

揚屋町は、宝暦のころまであった揚屋を集めてできた町である。

揚屋がなくなってからは、酒屋、寿し屋、蕎麦屋、湯屋、質屋など様々な商家が表店をつらね、往来から路地へ入った裏店には、妓楼や茶屋で働く末社《まっしゃ》や女芸者らが多く住んでいる町でもある。

路地を抜けた揚屋町の裏通りに、裏茶屋が狭い間口に暖簾をさげて並んでいる。

備後屋は揚屋町の往来の、仲ノ町から西河岸へ抜ける中ほどに半籬《はんまがき》の中見世をかまえている。先々代までは揚屋だった。だが、揚屋がたちゆかなくなって、先代から中見世の妓楼になった。

往来に嫖客は見えず、表店の商人や茶屋や妓楼に勤める若い者や下婢《はしため》、お針などの姿がちらほらと見えるばかりである。

往来の先に、備後屋の張見世《はりみせ》の紅殻格子《ベンガラごうし》が見わたせる蕎麦屋があった。

天一郎と和助は、蕎麦屋の軒をくぐって、往来が見える格子窓わきの花茣蓙《はなござ》を敷いた長床几《ながしょうぎ》に腰かけた。

蕎麦屋の店土間に、客は行商風の男がひとりいるだけである。

ここもまだ、店が忙しくなる刻限ではない。

天一郎は注文を訊きにきた女将に、職人ふうに言った。

「済まねえが、蕎麦じゃなく茶をもらえるかい。茶代を払うので少しの間、ここを借りてえ」

「どうぞ」

「女将さん、それからちょいと頼みてえんだ。これを、そこの備後屋さんの……」

と、備後屋の花魁・英宛ての手紙を託《ことづ》けた。

「怪しいもんじゃねえ。おれたちは花魁と所縁《ゆかり》のある者で、花魁とは顔見知りだ。花魁に二、三訊ねることがあってね。すぐ済む。迷惑はかけねえ」

女将は快く引き受け、店土間の長床几に腰かけた二人に茶を出すと、往来に下駄を鳴らして備後屋へ向かった。

「お英さん、きてくれますかね」

「お英さんの話は、どうしても聞きたい。もしかしたら、公平の便りが何かあったかもしれないしな」

「そうですよね。公平が江戸を出て、もう五ヵ月になりますもんね。今ごろどこでどうしているのやら」

と、蕎麦屋の格子窓ごしに備後屋の紅殻格子のほうを見守っていると、須臾の間ほどがたって妓楼の表土間より、黒地にくっきりとした紅色の模様を染めた打掛《うちかけ》に天神髷《てんじん》を結い、簪と笄を前と後ろに挿した花魁が、蕎麦屋の女将と稚児髷の七、八歳の禿を従えて揚屋町の往来に現れた。

三人が蕎麦屋のほうに近づくにつれ、禿が吸ったり吹いたりするぽっぴんというおもちゃの、ぽこんぽこん、という音が近づいてきた。

お英が店土間に入ってくると、天一郎と和助は長床几を立って辞宜《じぎ》をした。お英が二人へ、先に声をかけた。

「末成り屋という読売屋さんの、天一郎さんと和助さんでしたね。ご無沙汰をしておりました」

そう言って、昼見世の支度にかかる前のまだ薄化粧の肌に、匂いたつような笑みを浮かべた。

「こちらこそ、ご無沙汰をしておりました。いきなりお呼びたてていたし、ご迷惑をおかけいたします。お許しください」

「公平のお知り合いの方が、わざわざお訪ねくだすったのです。迷惑などと、とんでもござんせん」

お英は軽く褄《つま》をとった仕種で、長床几の花茣蓙にふわりと腰かけた。

天一郎は女将にお英と禿の茶を頼み、「これを」と菓子の手土産をお英にわたした。お英は再びうっとりと笑みを見せ、

「まあ、ありがとうおざんす。これは京菓子の落雁ですね。遠慮なく。あとで部屋の者とみなでいただきます」

と、隣の長床几にかけた禿に手土産を差し出した。

幼い禿はぽっぴんが面白いらしく、まだぽこんぽこんと鳴らしている。

行商の客が、お英と禿へ好奇の目を向けていた。

「お椎《しい》、お客さまの前でありんす。およしなさんせ」

お英は廓《くるわ》言葉でたしなめた。

お椎と呼ばれた禿は、立ちあがって、お英から手土産を受けとり、天一郎と和助

に稚児髷の頭を深々と垂れて見せた。

「お客さま、ありがとうござりんす」

「この正月、南紺屋町《みなみこんやちよう》のお牧ちゃんを見かけました。お仲間と遊びのさ中でしたので声はかけませんでしたが、とても元気そうでした」

天一郎は、お英の娘のお牧の様子を話して聞かせた。

「お牧はわたしの望みです。ありがたいことです」

お英は目を細めた。

「公平さんのほうから、その後何か便りは」

「いえ、何も」

「わたしのほうにも、公平さんより便りはありません。噂なりとも聞こえれば、すぐにお知らせし……」

と言いかけたところを、お英がうっとりとするような笑みで制した。

「天一郎さん、今日は読売屋さんのお仕事で、お訪ねになられたのではありませんか。どうぞ、遠慮なくお訊ねください。ごめんなさい。あまり長くはいられないのですよ」

「ああ、そうですね」

天一郎は頷いた。そして、

「じつは、お稲さんのことで……」

と、備後屋の遣手のお稲の噂話をきり出した。

お英は、沈黙の中に溶けて消えてしまったかのような静かさで、お稲の噂話に聞き入った。禿のお椎は、じっと天一郎を見つめている。

「もう鬼のお稲ではなく、《鬼婆あ》と言われていると、町方の同心にすらお稲さんの評判は伝わっているようです。そのお稲さんが病に倒れ、今は吉原の寮で療養中だとか。病に倒れたお稲さんは今、身寄りのないわが身を心細く思い、若いころ里子に出した倅を偲んで泣き暮らしている。言葉は悪いのですが、それを鬼婆あの目に涙だと吉原では言われ……」

言った途端、お椎が口を覆って噴き出した。

お英は、また廓言葉でお椎をたしなめた。

「お椎。ほんにお稲さんはお気の毒でありんす。悲しい目に合っている人を、笑うのは悪うざますよ」

お椎は口を押さえ、目をぱちくりさせて笑いを堪《こら》えていた。

お英は、かすかに悲しげな表情を見せた。

「天一郎さん、それは違っております。お稲さんは決して鬼ではありません。それどころか、備後屋の二階で暮らす女たちの身の上を心から気にかけ、わたしたち遊女が十年の年季奉公を少しでもつつがなく終えられるよう、いろいろと世話をし、面倒を見て手をつくしてくれている、本当は情の深い人なんです。遊女は、無理が祟《たた》って病気になったり、油断をして新たな借金を拵え、十年を終えてもまた次の借金のために奉公を続けなければならず、そうして身を持ちくずしていく人が多いのですよ。お稲さんから聞きました。お稲さん自身がそういう遊女のひとりだったから、死ぬまで吉原から抜け出せない一生を送ることになってしまった。だから、遣手を任された限りは、少しでも遊女のためになる働きをしたいと、言っていました。そうでありいすねえ、お椎」

お椎は口を押さえたまま頷いた。

「お稲さんは、恨まれても遊女のゆく末を思って厳しく接するので、戯《たわむ》れに《鬼》とわざと言う人もいるけれど、みなお稲さんの真心はわかっているし、信頼もしているのです。ですから、お稲さんが病に倒れて養生しなければならなくなったとき、身寄りがないならと、わたしたち部屋持ちがお金を出し合い、箕輪の松葉屋さんの寮で出養生《でようじよう》をできるようにしたんです。そしたら、お稲さんに世話になったからと、末社や芸者衆からも助成の申し入れがあったほどです」

「お稲さんが箕輪の寮で病気の養生をする費用は、備後屋のご主人が見ているのではないのですか」

「ご主人は、そのようなことはなさいません。二十年も備後屋のために遣手を務めてきたお稲さんが困っているのです。少し、薄情な気がいたします」

お英は目を伏せ、薄墨を細く刷《は》いた眉をわずかにひそめた。

「あの、お稲さんは、若いころ、西河岸あたりの小見世に奉公し、働きが悪くて主人や遣手にひどい目に合わされてきた。だから、自分が遊女をとり締まる立場になって、それまでの意趣がえしに鬼の遣手になったと聞きました」

和助が隣から口を挟んだ。

「和助さん、そうではありません。お稲さんは、自分が若いころにつらい目に合ったから、遊女には自分と同じ目に合わせたくないと考えていたのです」

お英は和助に、匂いたつ笑みをかえした。

「でもですよ。お稲さんは若い者にさせず自ら折檻をしたそうですね。泣いて詫びても勘弁しないし、ひどいときは、井戸端で丸裸にして縛りあげ、息もできないほど水を浴びせかけたりとか、禿の寝相が悪いとか、言葉遣いが汚いとか、口ごたえをしたとかだけでも、お稲さんは自ら折檻をしたと聞きました。二階の遣手の部屋でお稲さんの怒鳴り声が始まったら、備後屋の遊女は、今日は誰が折檻されるのかと、みな震えあがったって」

「妓楼の折檻は、ご主人の女将さんや娘さんやお妾さんが、ああしろこうしろと、若い者に指図するのです。遣手のお稲さんは目付役でいればいいのです。でも、お稲さんが自ら手をくだしたのは、遊女や禿らの折檻に手心を加えるためなのです。病気にかかって働きが悪いと遊女を折檻して、折檻のため命を失う者もおります。お稲さんは自ら憎まれ役を買って出て、折檻で身体の芯まで痛めつけないように手心を加えていたのです。禿の寝相が悪いとか、言葉遣いが汚いとか、口ごたえをしたとか、厳しくするのは、禿がお客をとる歳になったとき、そういうことで縮尻《しくじ》らないようにするためなんです。ねえ、お椎」

「はい。そうでありいす」

お椎がこたえたが、和助は首をかしげた。

「五、六年前、部屋持ちの附廻しの稼ぎが悪く、お稲さんに日ごろから厳しく叱責され折檻され、それに耐えかねた附廻しは自分で胸を刺した。お稲さんは、ほかの遊女への見せしめに、附廻しの亡骸の手足を縛り荒菰で巻いて投げこみ寺に荷車に乗せて運んでいったそうですね。鬼の形相で亡骸の手足を縛るお稲さんの見せしめに、卒倒する遊女もいたとか」

「それも違います。あのときは、年季奉公を始めて二年目でしたから、ちゃんと覚えています。あの一件は情死でした。遊女が思いを交わした馴染みと、何月何日何の刻としめし合わせ、場所は違うけれど同時に命を絶つのです。あの遊女は、白綸《しろりん》子《ず》の死装束で、胸を刺したのです。お稲さんが亡骸の手足を縛ったのは、そうすることで情死をしても畜生道に落ちないと、廓には言い伝えがあるからです。情死した遊女を哀れんで、若い者にさせず、自分でやって葬ったんですよ」

「ふうむ、そうなんですか」

「どうやら、聞いた話とだいぶ違っているようです」

天一郎は腕組みをし、お英の絵のような横顔に一瞥《いちべつ》を投げた。お英の横顔が、物思わしげに沈黙している。

「お稲さんは、若い遊女だったころ客との間にできた男児を産み、里子に出した。里子に出した先はけっこうなお店か身分の高い武家らしく、倅はその家と養子縁組をして、今では立派に家督を継いでいる。お稲さんは、病が癒えずこのまま死んでしまう定めなら、せめてひと目、立派に育った倅に会い、捨てたことを詫びたいと、願っているそうですね。お英さんは、お稲さんの事情をご存じですか」

「お稲さんが子を産み里子に出した事情は、詳しくは知りません。でも、寮の世話役に雇われているご夫婦によれば、お稲さんが自分の子に会いたがっているのは本当のようです。お稲さんは、自分の若いころや、産んだ子を里子に出した先について、いっさい話しませんけれど」

　行商風の客が蕎麦を食べ終わって店を出たあと、ほどなく、末社らしき二人連れが店に入ってきた。末社らはお英を見つけ、ちょっと驚いたようだった。お英と会釈を交わしたが、お英に遠慮し、店土間の離れた床几に腰かけた。

「天一郎さん、お稲さんの噂話を読売にするおつもりですか」

「病に臥した母親が、別れた子とひと目会いたいと願うのは、母としてのもっともな人情です。世間は、きっとお稲さんに同情を寄せると思います」

「わたしが言うことではありません。ただ、お稲さんがどう思うか心配です」

　お英は言った。それからまた少し間をおいた。

「読売種になってお稲さんの噂が広まれば、もしかしたら、読売を読んだ倅がお稲さんに会いにくるかもしれません。かすかな見こみですが、お稲さんの願いがかなわないとは限りません」

和助が言った。

お英は小さく頷いた。

「天一郎さん、和助さん。末成り屋さんがいろいろと調べて、もしも、お稲さんの子供の居どころがわかって、相手の方の事情が許すなら、お稲さんと子供が会えるように、とり計らっていただけませんか。それがお稲さんの望みなら、かなえてあげたい。お稲さんに、できれば別れた子供と会わせてあげたい。謝礼はわたしがお支払いいたします。お稲さんには内緒で、お願いいたします」

お英の愁《うれ》いをたたえた眼差しとお椎のつぶらな目に、じっと見つめられた。

天一郎はお英の意外な言葉に内心驚いた。だが、顔には出さなかった。

「読売にできれば、謝礼は要りません。どれほどのことができるかわかりませんが、やってみましょう」

と、かえした。そして、束の間をおいて言い添えた。

「お英さん、約束します。これを読売にするときは、意地の悪い書き方をしてお稲さんを貶《おとし》めたりはしません」

「ありがとう」

「西河岸の小見世の遊女になる前、お稲さんはどこで奉公していたのですか。それとも、若いころから、西河岸の小見世で奉公していたのですか」

「《八州屋《はっしゅうや》》さんの松風《まつかぜ》さんから、若いころのお稲さんは八州屋さんの昼三《ちゅうさん》の花魁だったと、聞いたことがあります。お稲さんはいっさい話しませんから、本当かどうかは定かではありませんが、松風さんをお訪ねになれば……」

「八州屋の松風さんですか」

「江戸町一丁目の大見世です。松風さんは八州屋さんの番頭新造です」

お英は言い、愁いを湛《たた》えた目を伏せた。

末社らが頼んだ盛蕎麦をすする音が、聞こえてきた。

四

番頭新造は、高級遊女の昼三、すなわち花魁につき従い、花魁の客の品定めや、花魁の馴染みに紋日《もんび》の無心の駆け引きなどの世話をする三十をすぎた年季《ねんき》明けの遊女である。客がたてこんだ折りは客の相手をする場合もあるが、普段は花魁のためにたち働くのが主な仕事である。

昼三とは、昼間の揚代が三分《ぶ》、昼夜で一両一分、入り山形に二つ星印の高級遊女である。

昼三は張見世をせず、中でも呼出《よびだ》し昼三は最高級遊女で道中をする。

八州屋の松風は、江戸町一丁目の裏通りに塗下駄を鳴らし、ひとりで現れた。新造らしいきらびやかな衣装ではなく、縞木綿《しまもめん》に丸帯を締め、島田の髪には笄を一本つけているだけだった。まだ化粧をしておらず、少々浅黒い顔の、こめかみには膏薬《こうやく》を貼った、所帯染みた裏店のおかみさんのような容子《ようす》に見えた。

「英さんのお知り合いでありんすか？　お兄さん方、いい男ね。なんの商売？」

松風は廓言葉と人馴れた物言いをまぜ、天一郎と和助を見比べた。

「ご足労いただき、畏れ入ります。まずはこれを」

と、天一郎は羽織の袖から紙包みをひとつにぎって、松風に差し出した。

「あら、気を遣わすわね。花魁のお知り合いなら、こんな気を遣わなくても話はうかがいますよ。でも、せっかくだからこれは遠慮なく」

松風は、さり気ない仕種ながら素早く紙包みをつまんだ。

「わたしら、三十間堀に近い築地界隈で末成り屋という読売屋を稼業にしており、わたしは天一郎。この男は……」

「和助です」

「あら、読売屋さんざんすか？　どうりでちょっと怪しいと思った。あの英さんに読売の知り合いがいるとは、意外でありんすね。何を勘繰りに、わざわざ吉原へ？」

松風はわざとらしく意外そうな顔つきを見せたが、目は笑っていた。

「決して怪しい勘繰りではありません。備後屋の遺手のお稲さんのことを、ちょいとお訊ねしたいのです」

天一郎が斯《か》く斯《か》く云々《しかじか》と話すのを、松風は裏通りの板塀に凭《もた》れ、胸の前で両手を軽く組み、とき折り、笄で島田の頭をかいたりして聞き入っていた。

「お稲さんのことをそんなに気にかけて、英さんらしい。英さんは本当に、気だてのいい花魁だから。珍しいんですよ、あそこまでやる花魁は。お稲さんのことは、わっちも、もう亡くなった芸者さんから以前聞いただけで、詳しいわけじゃありんせん。でも、八州屋の花魁だったことは間違いないらしいです。源氏名は八橋《やつはし》でしたかね。八州屋の昼三の花魁だったはずですよ。お稲さんとお客との間にできた子供の話は、お稲さんが病で倒れてからそんな噂が聞こえて、ああ、そうでおざんしたかと思うばかりで」

八州屋の楼主も、先代が亡くなって八州屋を継いだ若い主人で、お稲が花魁の八橋だったころはまだ生まれてもいないが、了実《りょうじつ》という八州屋に長く勤めている番頭なら、八橋を知っているはずだと松風は言った。

「番頭？　八州屋には番頭さんがいらっしゃるんですね」

「吉原の大楼には、たいていどこも番頭さんはいるでありんす。了実さんは八州屋の殆《ほとん》どをひとりで仕きっている方で、年下のご主人も了実さんには頭があがりんせん。若い者の中には、了実さんを八州屋の影の楼主と言う者もいるぐらいで、何しろ、八州屋は番頭さんが首を縦《たて》にふらなければ、なんにも動かせないんです。八州屋がまだ今の備後屋さんと同じくらいの中見世だった明和《めいわ》のころ、若い者の頭格から番頭さんに昇格して、八州屋を今の大見世に育てあげたのは、了実さんの手柄と言われているんです。ただ、了実さんの倅はできの悪い与太《よた》と、あまりいい評判は聞きませんけど。働きもないのに、ろくに家に帰らず山之宿《やまのじゅく》町《ちょう》あたりの賭場《とば》に入り浸って、評判の遊び人だとか……」

松風は、自分の言ったことがおかしそうに、くす、と笑い声をたてた。だがすぐに、「でね」とお稲の話に戻った。

「番頭さんが八州屋の若い者に雇われたころ、八橋さんはまだ年季が明ける前だったはずです。了実さんなら、八橋さんを知っているんじゃござんせんか。わっちが禿になって八州屋の二階で暮らし始めたとき、八橋さんは西河岸のどこかの小見世に奉公していたんです。揚屋町の備後屋さんの遣手に雇われたのは、それから二年ほどたったあとです。わっちは、備後屋のお稲さんしか知りいせん。備後屋の遣手の鬼のお稲さんが、元は八州屋の昼三だったと、あとで人から聞いて驚いたんですよ。ですから、八橋さんのことは何も知りいせん」

「了実さんは、今、見世にいらっしゃいますか」

「番頭さんが見世にいる刻限は、夕六ツから引け四ツを知らせる九ツまでです。今はまだ山谷町の東禅寺北横町《とうぜんじきたよこちょう》のお店じゃ、ございませんか。あの、わっちに聞いたとは言わないでくだんせい。番頭さん、気むずかしい人でね」

松風は、気だるげな仕種で笄をつまみ、島田の頭をかいた。かきながら、

「そうだ。これから訪ねるなら、江戸町二丁目の《萬屋《よろず》》の巻煎餅《まきせんべい》を手土産に持っていけばいいですよ。番頭さん、帳場格子でむずかしい顔をして、巻煎餅をよくつまんでますから。巻煎餅が好物なんですよ」

と、薄笑いを見せた。


日本堤から、山谷堀を越え吉原通りを北へとった。

吉原通りは、田中という山谷西方の田畑の中を吉原から山谷町へ出る。浅草寺の時の鐘が、吉原の往来から見あげた青空に昼九ツを報《しら》せたのはだいぶ前だった。

和助が、江戸町二丁目の萬屋の巻煎餅の手土産を提げている。

田中の黒い土を耕した田んぼや葱や油菜の畑、色づき始めた林や茅葺《かやぶき》屋根の百姓家の間を抜けた先に、千住宿へいたる奥州《おうしゅう》道沿いの、瓦葺屋根や板葺屋根のつらなる浅草山谷町が見えた。

了実の住まいは、東禅寺北横町の往来より小路へ入ってすぐに見つかった。

山茶花《さざんか》の垣根に囲まれた小広い庭があり、瓦葺屋根の裕福そうな二階家だった。

垣根の表木戸から踏み石を鳴らし、主屋《おもや》の引き違いの表戸へ進んだ。

表戸を少し開けて案内を乞うと、使用人らしき若い女が出てきた。

了実への取次《とりつぎ》を頼んで、女がさがり、奥のほうで遣《や》りとりが聞こえてほどなく、細縞の着流しの下に黒帷子《かたびら》の襟がのぞく五十年配の男が、寄りつきに用心深げな様子で現れた。

「ごめんなさい」

と、天一郎と和助は土間の三和土《たたき》に踏み入った。

「突然お邪魔いたし、申しわけございません。わたくしは、末成り屋の天一郎と申します」

「わたしは、末成り屋の和助でございます」

二人は中背に小太りの了実に辞宜をした。

「わたしが八州屋の番頭を務める了実だ。読売屋だそうだな。読売屋が、わたしになんの用だね」

了実は寄りつきのあがり端《はな》に立って、黒の男帯に両手の親指を引っかけ、二人をねめ廻した。

「これを……」

と、天一郎は手土産の萬屋の巻煎餅の菓子箱を、了実の足下においた。

ふん、と了実は菓子箱を見おろして鼻を鳴らした。

「吉原からきたのか。こんな物を持って、さては八州屋の誰かから聞いたな。言っとくが、わたしに読売屋の面白い種になる話など、何もないぞ」

「そういうことでは、ございません。突然お邪魔いたしましたのは、備後屋の遺手のお稲さんのことなんでございます」

「お稲？」

「はい。お稲さんは若いころ、八州屋さんの花魁だったと聞いております。八州屋さんに長く勤め、大見世《おおみせ》を一手に仕きっておられる番頭の了実さんに、八州屋さんの花魁だったお稲さんの身の上について、ご存じの事柄をお聞かせ願えないかと、おうかがいいたした次第です」

「お稲が元は八州屋の花魁だったから、それがどうした。読売屋が、お稲の身の上を探って、まさか、読売種にするつもりかね」

「お稲さんは備後屋さんの女郎衆から《鬼のお稲》、近ごろは《鬼婆あ》と恐れられる遣手だそうですね。それが病に倒れ、今は箕輪の寮で出養生をなさっておられるとうかがっております。お稲さんには、若いころに里子に出した倅がいて、歳月が僥くすぎた今なお、捨てたも同然になっている。捨てた倅を偲び、倅にひと目会って捨てたことを詫びたいと、重い病の床で泣き暮らす日々だとか、噂を聞いたのでございます。わが子恋しやわが母愛しやの子別れ物は、芝居の世話物同様、評判の読売種で、しかもその鬼のお稲さんが、若いころは吉原屈指の大見世の八州屋さんの花魁だったとわかって、それなら……」

「そんな遣手婆あのつまらない話が、読売種になるのか。読売屋も暇な稼業だな。それが知りたければ、当人に訊きにいけばいいじゃないか。出養生と言っても、会えないわけじゃあるまい」

「当人に会う前に、まずは番頭の了実さんに八州屋の評判の花魁だったお稲さんの話を、うかがいたいのでございます。当人だから、かえって話せないこともございますでしょうし」

「ふん、そういうことか。お稲のことぐらいなら、別にかまわぬが。八州屋の名が評判になるのは損にならないだろうしな。しかし言っておくが、うちのことを悪く書いてもらっては困るぞ。そこは守ってもらわないとな。それから長くは駄目だ。勤めがある」

「心得ております」

「じゃあ、あがれ」

天一郎と和助は、山茶花の垣根に囲まれた庭に、石灯籠と枝ぶりのいい松の見える部屋に通された。女が茶を出した。了実は煙管《キセル》に火をつけ、

「お稲の何から聞きたい」

と、煙管を吹かしながら言った。

「まずは、お稲さんが八州屋さんの年季奉公を始める前をご存じでしたら、それからお聞かせ願います」

「確かにお稲は、八州屋の花魁だった。源氏名は八橋だ。それは聞いたか」

「うかがっております」

「わたしが八州屋の若い者に雇われたのは、二十歳のときだ。勤め始めたころの八州屋は、江戸町一丁目の大見世が軒をつらねる中の半籬だった。つまり中見世だ。八州屋が大見世になったのは、わたしが先代の楼主より番頭役を命じられ、育てあげた宝暦のあとだ。吉原の実情を知らないおまえたちのような素人《しろうと》は、八州屋が昔から大見世だと思っているだろうがな」

「なるほど、さようで」

「お稲が八州屋に身売りをする前の詳しいことは知らん。わたしが知っているのは、先代の楼主や八州屋に出入りしている芸者や末社らから聞いた事情だけだ。本人もあまり、話したがらなかったようだからな」

了実は煙管の灰を煙草盆の灰吹きに落とし、煙管をつまんだまま腕を組んだ。

「それによれば、身売りする前のお稲は、揚屋町の芸者だったそうだ。母親はやはり揚屋町の芸者だったらしく、ゆきずりの男との間にお稲ができた。だから、お稲の父親は、誰かもわからない。母親は妓楼の芸者務めをやりながら女手ひとつでお稲を育て、お稲は母親と同じく芸者になった」

「母親のあとを継いで芸者務めをしていたお稲が、なぜ芸者をやめて、身売りをしたのでしょうか。身売りしなければならなかったわけが、何かあったので？」

「よくある話だ。お稲は男癖が悪かった。一本だちの芸者になってから、ろくでもない男に貢いで借金を拵えた。しかも子供まで孕み、挙句《あげく》に男に捨てられた。産んだ子供は里子に出した。だが、借金は残った。それで八州屋に自分から身売りしたと聞いた。母親がそうだったように、お稲もそういう女だったわけだ」

「母親は、どうしていたのですか」

「さあな。母親のことまでは聞いていない。ただ、お稲は男に貢いでいたころはひとり暮らしだったようだから、母親は亡くなっていたんじゃないか。あるいは新しい男ができて、姿をくらましたとか。母親のことなど、どうでもいいがね」

「お稲さんが貢いだ男の素性については、何かご存じでは」

「それも聞いていない。お稲が貢いだ男の素性など、どうせろくでもないに決まっているよ。それにしても、病の床に臥せっているお稲が、里子に出した倅に会いたがっていると倅が知ったら、倅には迷惑な話だな。倅ももう四十になっているはずだ。四十になるまで放っておかれたのに、今さら産みの母親と名乗る婆さんと会って、母親を捨てたどこの誰かもわからない父親の話をするのかね。倅はきっと呆れて物も言えないと思うぞ」

「噂ですが、産んだばかりの倅を里子に出した先は、けっこうなお店か身分の高い武家とかで、倅は里子先の養子になり、今は成長して家督を継いでいる、と聞いたのですが、それについては？」

「馬鹿ばかしい。そんな話は聞いたこともない。どうせ作り話だ。いい読売種があるからと、いかがわしい地廻《じまわ》りが言い触らしただけだろう。あんたらみたいに真《ま》に受ける者がいるからな。とに角、わたしは知らんし、知っても仕方がない。お稲のような女とどこの誰かもわからない男の間にできた倅を里子として預かるのだから、相手先を探ったところで、読売種になるほどの相手ではないことぐらいわかりそうなものじゃないか。つまらない詮索《せんさく》は無駄だよ」

了実は本当につまらなそうに言った。和助のかすかなため息が聞こえた。天一郎は束の間をおいて言った。

「八橋は八州屋では、評判の花魁だったんですね」

「八州屋の中では最上級の昼三だ。確か、二十歳で八州屋に身売りをして八橋の源氏名で年季奉公を始め、器量がよかったから新造のときに馴染みができ、すぐに部屋持ちから座敷持ちの昼三になった。花魁花魁と持てはやされていたが、わたしに言わせれば、あまり気だてはよくない女郎だった。客の選り好みをやってお客を怒らせることの多い女郎だった。例えば、先客がいるのに、好みの客なら順はあとでも自分の部屋に入れ、先客を廻し部屋へ送り割床《わりどこ》で済ませるようなことを平気でやった。当然、先客は怒るよ。そのたびに客との間をとりなすのが若い者の役割だから、まず仲ようなりましておめでとうございます、と言うところまで持っていくのに苦労させられた。中見世でも、座敷持ちの昼三はそこまでやらないのが、高級遊女の花魁の気位《きぐらい》なんだが、八橋にはそういう気位はなかった」

「了実さんは八橋にいい覚えが、ないようでございますね」

「ないね。正直に言うと、いけ好かない女郎だった。わたしら若い者には、ずいぶんと横柄《おうへい》で、一体誰のお陰で給金がもらえているの、というような素ぶりが露骨だった。新造や禿にもわがままのし放題で、意地が悪く、遣手とも喧嘩が絶えなかった。あれじゃあ、幾ら馴染みの客も身請けしようとは思わないのは当然だ。客の選り好みをしていたら借金だって残る。八橋は三十歳のとき、西河岸の小見世の《牡《ぼ》丹《たん》屋》喜八店《きはちだな》に売り遣わされた。その歳になると馴染みはもう殆どいない。いつまでも座敷持ちというわけにはいかないからな。しかし、八州屋の借金は残っている。年季が明けず、八州屋の先代楼主も、下品《げぼん》の女郎の売りどきと考えたのだろう。仕方がなかった。八橋の自業自得だよ」

「その牡丹屋さんの次が、備後屋さんの遣手、なんでございますね」

「まあ、そういうことになる。西河岸の小見世で客をとっていたのが、八橋の名前もとうに忘れたころ、お稲が揚屋町の備後屋の遣手にもぐりこんだらしいと評判が聞こえ、あの八橋とわかって吃驚《びっくり》した。備後屋の先代をどう言いくるめたのかと、感心もした。それからは、鬼のお稲と遊女らの間で言われるようになり、今じゃ鬼婆あだ。鬼婆あと言われる通り、恐ろしい遣手だよ、お稲は」

了実は煙管に火をつけた。煙をくゆらせ、漫然とした目で追いつつ言った。

「しかし、それもいよいよ年貢の納めどきだな。鬼婆あも、歳には勝てない」

そのとき、表戸のほうで戸が開く音が聞こえた。

足音が鳴り、若い女の、「忠太郎《ちゆうたろう》さま、お戻りなさいまし」と言う声がした。忠太郎と呼ばれた男が、「ああ」とぞんざいにこたえた。

気だるげな足音と、乱雑に家の中の戸を開け閉めする音が続いた。

「なんぞ食い物はあるかい」

「あ、はい。どんな」

「なんでもいいんだ。腹が減ってるんだ。食ったら寝る。親父は？」

「ただ今、お客さまと……」

声がひそひそと低くなった。

忠太郎という男は、どうやら了実の倅らしい。仕事から戻ってきたふうには思えなかった。

了実が苦々しい顔つきで、灰吹きに煙管の雁首《がんくび》を強く打ちあてた。急に不機嫌そうな様子を見せ、苛だちを露《あら》わにした。

「もういいだろう。ほかに話すことはない」

天一郎と和助は、「はい」と了実に礼をした。

「おしげ、お客さんがお帰りだ。お見送りしなさい」

了実は襖を開けて廊下へ呼びかけた。「ではな」と、天一郎と和助に言い残し、廊下に消えた。寄りつきから三和土の沓脱《くつぬ》ぎで草履を突っかけたとき、了実の怒鳴り声が家中に響きわたった。

「今ごろまでどこへいっていた。また山之宿か」

忠太郎の返答はほとんど聞きとれなかった。

「馬鹿か、おまえは。自分の身の始末をする知恵も働かないのか。次はもうないのだぞ、次はなっ」

天一郎と和助は顔を見合わせた。見送りの女へ見かえると、寄りつきに坐って、また始まった、とでも言うかのように肩をすくめていた。

五

「親子喧嘩ですかね」

東禅寺北横町の往来に出て、和助が言った。

「えらい剣幕だった。ああいう倅がいたのか。山之宿で何かをしていたようだ」

「仕事じゃない様子でしたね。食ったら寝ると言ってましたし」

「次はない、とも言っていた。次ってなんだ」

「さあ、なんですかね。例えば、賭場で遊んでたとか」

山谷町から吉原通りを日本堤へ戻り、一旦、箕輪方面へとった。

しかしすぐに、南方の浅草田んぼのほうへくだり、田畑の間の縄手《なわて》を下谷《したや》の竜《りゅう》泉寺《せんじ》に向かった。近づく夏を思わせる、少し暑いくらいの日射しが降っていた。

田んぼ道は、穏やかな昼さがりの中を下谷へ続いている。

元は竜泉寺村の竜泉寺町を抜け、田んぼ道を千束《ちつか》稲荷、月洲寺《げつしゆうじ》をすぎた竜泉寺の近くの田んぼの中に、お稲が出養生をしている松葉屋の寮がある。

吉原の遊女が出養生するには、本人が寮の経費を負担しなければならない。病気に罹《かか》り出養生するために、新たな借金ができる者もいた。

それでも、寮で養生できる遊女は恵まれていた。羅生門《らしょうもん》河岸の局女郎や西河岸の小見世の下品の女郎は、病に罹ると、日あたりの悪い行灯部屋に寝かされる。そこで短い一生を終える女郎も少なくなかった。

亡くなった者は、箕輪の投げこみ寺の浄閑寺《じょうかんじ》に埋葬される。亡くなったわけは病気とは限らない。だが、いちいちわけなど詮索はしない。

お稲が床につく部屋から、垣根のない庭の先は下谷の田んぼが囲んでいた。田んぼの彼方に木々に囲まれた百姓家が茅葺屋根をつらね、大空が広がっていた。

眺めはよかったが、寂しい景色だった。

お稲は痩せた背中を丸めた上体を布団から起こし、天一郎と和助を不審げに見つめていた。五十九歳の年齢より老けて、弱っているように見えた。ただ、細面《ほそおもて》の顔は、皺だらけでも肌は白く、形の整った目鼻や口元に、遠い昔の器量よしの面影が偲ばれた。不思議な色香が、感じられた。

若いときはさぞかし、と天一郎にはお稲が八州屋の昼三の花魁を務めていたわけが肯《うなず》けた。

天一郎は山谷町で買った見舞いの菓子と、見舞金の紙包みを差し出した。

しかし、お稲は見舞いには一瞥すら投げず、不信感を消さなかった。天一郎と和助は改めて名乗り、養生中のところを訪ねた無礼を詫びた。

お稲がやっと口を開いたのは、怠《だる》そうな沈黙のあとだった。

「読売屋さんが、あっしに何を訊きたいんだい」

天一郎は率直に、知り合いの町方より《鬼婆あ》と吉原の遊女らが恐れる遣手の噂話を聞き、読売種になりそうなのでと、訪ねた経緯を打ち明けた。

「鬼婆あとは、ぬけぬけと言うもんだね。町方がそんな噂を、ばらまいているのかい。とんだ悪名が奉行所にまでたっちまったね。恥ずかしいけど、今さらどうでもいいよ。倅は里子に出したんじゃない。捨てたのさ。捨てた倅を誰が拾ったか、忘れた。覚えていても読売屋に話す気はないね。これは持って帰っておくれ」

お稲は、見舞いの菓子箱や見舞金を天一郎のほうへ怠そうに押しやった。

「何とぞこれは」

天一郎は、見舞いをまたお稲のほうへすべらせた。

「お節介かもしれませんが、事情を話していただければ、別れた息子さんの行方をわたしらが捜すこともできます」

「本当にお節介だね。大きなお世話だよ。誰があんたら読売屋にそんなことを頼んだんだい。やめとくれ。どうせいい加減な事を書き散らして、人がどんなに困っても、読売が売れさえすりゃいいだけだろう。読売屋なんて、本当のことより、人の気を引けばいいだけだろう」

「読売屋は、世間の気を引くために、言い換えたり、誇張したり、面白おかしく書いたりしますからね。いい加減とお稲さんが仰るのは、もっともです。ですが、この件を読売種にするについては、鬼婆あの目に涙と、ぬけぬけと見出しにするつもりです。名前を伏せ、お稲さんにも里子に出した相手方にも、できるだけ迷惑をかけないように努めます。間違いなくとは言えません。ただ、世間の気を引くから、お稲さんと息子さんが出会うというようなことも、ないとは言えないんじゃ、ありませんか。産んだわが子を里子に出さなければならないのは、母親にとってはつらいことです。けど、遊里で奉公する身の上では仕方のないことですよ。息子さんはお稲さんを恨んじゃいませんよ。そうに違いないんです。読売種にして売り出す代わりに、わたしら読売屋にも、少しはお稲さんの役にたち、力になれることがあると思うんですが」

「やめとくれ」

お稲は、下谷の田んぼのほうへ顔をそむけた。

「備後屋の英さんも、お稲さんの事情をとても気にかけていらっしゃいます。お稲さんの身を心配して……」

和助が言った。天一郎が「和助」とそっと制し、和助が「あっ」と気づいたが、もう遅かった。お稲が恐い顔をして和助を睨んでいた。これが鬼婆あの形相か、と天一郎は思った。

「英がそう言ったのかい。あんたたち、英に会ってあっしのことを根掘り葉掘り探ったんだね。それでわかった。英の差し金だね」

「いえ、そ、そうじゃなくて、英さんはお稲さんが本当は情の厚い遣手だと……」

「もう遅いんだよ」

お稲は和助が言いつくろうのを撥《は》ねつけた。天一郎を睨んで言った。

「どうりで、役にたつだとか力になれるだとか、馬鹿にしつこくおためごかしを言うもんだと思ったよ。みな勝手なことを言って。英は本当にお節介な人だ。あっしなんかより、自分の身だけを考えてりゃあいいのにさ。英はね、気だてのいい思いやりのある人でね。すぐ人の身を自分の身より気遣ったりするんだよ。女郎は、自分ひとり生きのびるのさえ大変なのに。無理が祟《たた》って身体を壊したり、病気になったり、借金をかえすつもりが新たに借金ばかりが増えて、身も心もぼろぼろになっちまって、ゆく末は投げこみ寺に捨てられる。借金をかえし、無事に年季明けを迎えられる女郎は、ほんのひと握りの運のいい人だけさ」

お稲は、ふっ、と怠そうな息を吐いた。胸を押さえて、小さな咳をした。

「大丈夫ですか」

和助が気遣うと、お稲は手をひらひらさせた。

「いいんだよ。放っといておくれ。あっしのことはいいと言ってるだろう。あっしはね、いつお迎えがきてもおかしくない身なんだ。十分、好き勝手に生きたし、長く生きすぎたぐらいさ。こうなったのも、みんなあっしのせいなのさ。けど、英は違う。あの人はこれから、まだまだ長く、健《すこ》やかに生きなきゃならないんだ。英にはね、七つか八つになるお牧という娘がいるんだ。お牧は、おっ母さんが年季を終えて戻ってくるのを待っているのさ。年季を終えるまであと二年と少し。英はお牧のためにつつがなく年季を終え、そのあとも、娘と一緒にもっともっと長く生きなきゃならないんだよ。それなのに、人の身を心配している場合かい。また英に会うついでがあったら、言っといておくれ。自分のことだけを考えて、人がどう言おうと、身勝手にわが身を一番大事に考えるんだよって」

和助は肩を落とし、うな垂れていた。天一郎にも言葉が見つからなかった。

お稲はまた田んぼのほうを見やって、小さな溜息をついた。

「帰っておくれ。ほかに言うことはないから」

それから天一郎へ向きなおり、初めて鬼婆あの目に謎めいた光をたたえた。

「天一郎さん、倅のことは、そっとしておいておくれ」


日が大きく傾き、西の空が次第に赤く染まり始めたころ、天一郎と和助は、下谷の田んぼ道を日本堤のほうへ戻った。天一郎が前をゆっくりと歩み、和助はそれよりも少々遅れがちである。

田んぼの彼方に吉原の町が見わたせる。吉原を囲う塀の上に妓楼の板屋根が、折り重なる波のように続いている。

西日を受け薄《うつす》らと赤味を帯びた雲が、空にたなびいていた。

おびただしい烏《からす》が、鳴き騒いでいた。

「吉原は昼見世が終わったころだ。しばらくしたら、もっと忙しくなる。和助、われらも今日は終わりだ。帰ろう」

天一郎は、遅れがちな和助へふりかえった。

「天一郎さん、だめでしたね」

「だめだったな」

「お稲さんは、倅に会いたくないんですかね」

「会ってはならないと、思っているのかもな」

「会ってはならないんですか？」

「そんな気がするだけだ」

「でも、お英さんが言ってましたね。お稲さんは本当は情の厚い遣手だって。さっきお稲さんに叱られて、それがわかったような気がしましたよ。英《はなぶさ》がお節介だ、人の身を心配している場合かなどときついことを言いながら、お英さんの身を気にかけているのが感じられ、ちょっとじんときました」

「ふむ……」

天一郎は、お稲の目にたたえられた謎めいた光を思い出した。

田んぼ道をゆきながら言った。

「和助、鬼婆あの目に涙は面白い読売種になりそうだ。これはやらねばな」

「ええ。やりましょう、天一郎さん。お英さんに頼まれたのだし」

「明日、出なおそう。明日出なおして……」

「西河岸の小見世の牡丹屋喜八店にも、あたるんでしょう」

「それより、芸者だったころのお稲さんのことがもっと知りたい」

「そうですよね。そこが肝心ですよね」

天一郎と和助の長い影が、田んぼ道に落ちていた。

六

了実は夕日が射す衣紋坂をくだり、大門をくぐった。

小格子の長着を着けた八州屋の若い者の米吉《よねきち》が、了実に従っていた。

吉原の昼見世は昼九ツから七ツ、夜見世は夕六ツから引け四ツの拍子木が打たれる真夜中の九ツまでである。

了実が八州屋の勤めに出るのは夜見世のみで、昼見世やそのほかの刻限は、了実の配下の若い者が勤めている。

米吉は、了実が勤めに出る折りの送り迎え役である。

夕刻、山谷町の了実の店へ迎えにきて、真夜中の九ツ、仕事を終えて戻る了実を山谷町の店まで箱提灯を提げて送る。

夜見世の始まる六ツ前、嫖客はまだ少なく、素見《ひやかし》の姿もなかった。

了実と米吉は、面番所と四郎兵衛会所の前をすぎ、江戸町二丁目の伏見町《ふしみちょう》の狭い新道へと折れた。

伏見町は、吉原が浅草に移ってから、江戸町二丁目に通した新道である。水茶屋や遊女を抱える小見世などの暖簾が表に並んでいる。

門口の枝垂《しだ》れ柳の枝を分け、《小桐屋《こきり》》と染め抜いた半暖簾のさがった茶屋の軒をくぐった。表土間の三和土に沓脱《くつ》ぎがあって、板廊下と二階へあがる階段がある。

階段わきの廊下の突きあたりの、内所《ないしょ》の入り口にさげた暖簾を分けて女将のお三代《みよ》がいそいそと出てきた。

「旦那さん、お待ちしていました。今日は旦那さんと内密の用があると言って、うちの人と円地《えんち》さんは上で呑んでます。すぐお酒をお持ちします」

と、お三代があがり端の框《かまち》まできて言った。

「そうか。わたしは酒はいい。このあとは仕事だ。米吉、長くはかからないが、先にお見世に戻っていなさい」

了実は沓脱ぎに草履を脱ぎながら言った。

「へい。お先に戻ります。では、のちほど」

米吉は了実とお三代に小腰をかがめて、戻っていった。

了実は、案内もなしに狭い板階段をあがった。

二階は廊下が狭く、窮屈な造作である。階段も廊下も、了実が踏むたび小さな軋みをたてた。

「開けるよ」

言い終わらぬうちに、片引きの襖を引き開けた。

四畳半の部屋に格子の小窓があり、格子ごしに西日が射しこんでいた。

菊蔵が胡坐《あぐら》をかき、菊蔵と向き合って、こちらも胡坐をかいた円地が、沈んだ鼠色の着流しの身頃《みごろ》を割ってむき出した、青白く痩せた片足を立てていた。

徳利と杯に小鉢が並ぶ黒塗りの膳を前に差し向かい、二人の間に格子ごしの西日が斑《まだら》に落ちていた。

円地のわきには黒鞘《くろざや》の大刀一本が寝かしてあり、菊蔵の羽織が、脱ぎ散らかしたように傍らに捨ててあった。菊蔵は了実を見あげ、

「やあ、旦那。先に始めておりやした」

と、少し赤らんだ顔をゆるめ、居ずまいを正した。

円地は了実のほうへ顔をひねり、無愛想に頷いて杯をあおった。

西日が菊蔵の横顔を照らし、高い頬骨と痩《こ》けた頬を、精悍《せいかん》なというより、酷薄そうな険しい影が隈《くま》どっていた。痩せていながら広い肩幅と、頑丈そうな胸板が、だらしなく寛《くつろ》げた前襟からのぞいていた。

一方の円地は、青白い顔の中のまるで紅を塗ったように赤い唇が、酒で濡れていた。顎の尖った白狐《びゃっこ》を思わせる顔だちだが、殆どまばたきしない細く尖った目が不気味だった。

菊蔵は、ごつごつした指の大きな手を膝にそろえ、広い月代に小銀杏の髷がのった頭を垂れた。

「お三代に膳を調《ととの》えさせやす」

「いいんだ。仕事がある。それより菊蔵、若い凪来坊の素性は何かわかったかね。どういう狙いできたのか」

了実は菊蔵と円地の間に坐り、いきなり用件をきり出した。

「へえ。あの野郎は、どうやら弥作のてき屋仲間だったようでやす。去年、芝《しば》は浜《はま》松町《まっちょう》のてき屋で章次《しょうじ》という帳元が、なんの廉《かど》でかお縄になった。章次の縄張りはもうありやせんが、弥作もあの野郎も前は章次の身内でやした」

「名前は」

「風貌から推量すると、公平という野郎じゃねえかと、章次の身内だった者から聞けやした。去年、章次の身内が散りぢりになって、公平も江戸から姿を消したそうでやす。ただ、あの野郎がその公平だとしたら、曲芸師みてえな身軽な男らしく、やんまの公平と綽名がついていたそうでやす」

「やんまの公平か」

「弥作が転がりこんできたのは、およそ一年前でやす。それまでは章次の身内で、弥作と公平は、兄貴分と弟分の親しい間柄だったようで。歳は二十二、三。生まれは江戸のようですが、親兄弟はよくわかりやせん。盛り場のごみ溜をあさるような暮らしをしていたのを、章次に拾われ、てき屋稼業を始めた。それだけの若造でやす。公平の動きが気になるなら、もっと詳しく探りを入れやす。ただ、弥作みてえな半端な間抜けとつるんでいやがったんだ。どうせ間抜け同士でさあ。あの程度の若造が何を探ろうと、気にかけることはありやせんぜ」

「まあ、そうなんだろうが、間抜けな半端者でも、うるさくつきまとわれるのは心地が悪い。目障りだ」

「わかりやした。だったら、おれのほうで方《かた》をつけやしょう。やれと言われりゃあ今すぐにでもかかりやすぜ。円地さんにまたお願えして、ばっさりと。骸《むくろ》は跡形もなく消しちまいやす。公平なんて野郎はこの世にいなかったみてえに」

菊蔵はにやついた顔を円地に向けた。

「ああ、いつでもいいぞ」

円地がその空虚な風貌から、細く妙に高い声を絞り出すように言った。

腹の底が見えない二人の眼差しが、了実に向いている。

了実はしばし考えこんだあと、顔を曇らせて言った。

「まあ、待て。もうしばらく様子を見よう。弥作と似たようなことを続けると、さすがにお上の目もある。それに、山之宿の八十助《やそすけ》が勘繰ってくるかもしれん。八十助は性質《たち》が悪い。忠太郎のことでよくわかった。こっちの事情を探られて、それを種につけこんでくる恐れがある」

「そうですね。八十助は蛇《くちなわ》みてえにねちっこい野郎だ。今度の件でも、弥作みてえな三下《さんした》じゃあだめだと言われたら、こじれているところでした」

「忠太郎がな、また山之宿のほうで遊んでいるようなのだ。あれだけ迷惑をかけておきながら、何もわかっておらん」

「そいつあ、まずい。忠太郎さんは八十助の縄張りには近づかねえほうがいい。八十助は今度の件で味をしめやしたから、それこそ忠太郎さんをわざと誘いこんで、それを種にまた旦那を、ということもなきにしもあらずですぜ」

了実はうなった。

「おれが、忠太郎さんに話してみやす。次はもう無事ではすみませんよと、ちょいと嚇《おど》しておきましょう」

「ふむ。いいかもしれんな」

了実はため息まじりに言った。

「それから今日、末成り屋とかいう妙な読売屋がきた。築地川界隈の読売屋だ」

「読売屋がなんで旦那を……まさか、弥作のこととかを訊きにきたんで？」

「それなら、わたしより先に菊蔵のところへいくだろう。備後屋の遣手のお稲のことを訊きにきた」

「備後屋のお稲？　ああ、鬼婆あのお稲でやすか」

「お稲の素性や、芸者のころに産んで里子に出した倅のことを訊かれた」

「お稲の倅？　お稲に倅がいたんですか」

「ふむ。いたようだ。まあ、どうでもいいことだがな」

七

夕焼を残して日が落ちた。

了実は伏見町の新道を仲ノ町へとった。

忠太郎の一件があってから、気の晴れない日が続いていた。

一件は片づいたし、仕事も相変わらずなのに、近ごろの忠太郎のふる舞いに苛々させられる具合の悪さが、いつまでも腹の底にわだかまっていた。

八州屋で働かせ番頭の見習をさせたいが、算盤《そろばん》もできない忠太郎にはとうてい無理だ。このままではどうしようもない。そう考えると、気が滅入《めい》った。

当面、忠太郎のことは菊蔵に任せるしかなかった。

菊蔵は吉原の抱える首代《くびだい》の者である。吉原で喧嘩やもめ事、死人を出すような事故や災難などが起きたとき、吉原に咎《とが》めや責めがおよばないように、首代の者が代わりにいっさいの咎めや責めを負う。

すなわち、身代わりになる。

ときには、お上の探索ではなく、吉原の惣名主《そうなぬし》の指図を受け、手下を率いて岡場所を襲撃し、楼主をお上に突き出し、女郎は吉原へしょっ引いてくる、という手荒な仕事も、首代の者がやった。

普段は何も用がない。毎日ぶらぶらと、遊んで暮らすのである。

吉原に飼われているも同然だった。

しかし一方、そういう首代の者の立場は、菊蔵を吉原のみならず、山谷町、新鳥越町《しんとりごえちょう》、浅草田町界隈の地廻りや博徒、貸元らの間の顔利きにのしあげた。

そういう者たちの間では、菊蔵は一目おかれ、首代の者でありながら、親分の身代わりにいつでも命を捨てる、という命知らずの手下らを抱える身になっていた。

吉原で働く若い者やあるいは末社、妓楼の楼主でさえ、遊女と通じることは固く禁じられていた。

男たちは、千住や浅草や箕輪、河岸見世で遊んだ。

吉原のお三代は花川戸《はなかわど》の船着場に近い水茶屋の女で、何年か前、菊蔵の情婦になった。

菊蔵がお三代を身請けし、お三代に伏見町で水茶屋の小桐屋を開かせるについては、大見世の八州屋をきり盛りする番頭の了実が、後ろ盾となって便宜を図った。

金の面倒も、少々見てやった。

了実の立場であれば、八州屋の帳簿にちょっと手心を加え、その程度の金を捻出するのは簡単だった。

表だっては、首代の者が伏見町の水茶屋の亭主に納まることなど、許されるわけがなかったが、了実の根廻しや口利きにより、お三代は小桐屋の女将に納まった。亭主が菊蔵であることは、吉原五丁町の名主らの間では黙認された。

それ以来、菊蔵は了実を旦那、お三代は旦那さんと呼んでいる。

了実は、菊蔵のような裏の者らと通じている男に恩を売っておくのに損はないと読んでいた。菊蔵みたいな男だからこそ、善悪の枠には収まらない世間の裏側の勘どころで役にたつとだ。

去年の暮れ、倅の忠太郎が、あるもめ事に巻きこまれた。というよりももめ事の種を作った。相手は山之宿の貸元・八十助だった。

八十助は、了実の弱みにしつこくつけこんでくる性質の悪い男だった。

了実は菊蔵の手を借りた。

菊蔵の働きのお陰で、当面は事なきを得た。だが、
忠太郎の与太が……

と、了実は吐き捨てた。

大門を次々とくぐってくる嫖客で、仲ノ町が賑わい始めていた。

仲ノ町は三月朔日《ついたち》に例年植える桜並木の花が終わり、並木はもうすぐとり除かれるころである。それでも、並木にたて廻らした提灯や雪洞《ぼんぼり》に火が灯《とも》され、往来は昼間のように明るく、嫖客の心を浮きたたせている。

了実は、今は名のみとなった待合《まちあい》の辻《つじ》を横ぎり、江戸町一丁目の木戸をくぐった。見世すががきがかき鳴らされ、張見世が始まるのは六ツからだが、茶屋を通さない見たての嫖客が往来に集まり、張見世の始まるのを待っていた。

客の扮装は、殆どが着流しに今の時季は羽織を着けている。二本差しの侍も、引手茶屋や船宿などで、野暮な袴《はかま》姿から着流しに替える。

腹がけに法被《はっぴ》、股引《ももひき》、あるいは尻端折《しりっぱしょ》りに手拭を肩にかけ、日和《ひより》下駄、というような姿は、大見世の並ぶ江戸町あたりでは見かけない。

なぜなら、吉原では小見世の妓楼でさえ、着物を着た客でなければ登楼させなかった。半纏《はんてん》股引などの風体や黒襟広袖三尺帯の地廻り風体の者は、西河岸や羅生門河岸の河岸見世にしかあがれなかった。

八州屋は、江戸町一丁目の往来の両側に紅殻の太い格子をつらねる中万字屋《なかまんじ》、松葉屋、また清水屋《しみず》、玉屋、扇屋《おうぎ》などの名だたる大見世と二階家を並べている。

紅殻格子の接する往来から八州屋の表土間に入った片側に、細格子の総籬《そうまがき》があって、総籬の中が張見世である。

総籬の下に妓夫台《ぎゅうだい》がおかれ、ここで客は見たてをする。

土間の先の中戸《なかど》に、八州屋の屋号を染め抜いた長暖簾がさがっている。

了実が長暖簾を払って中戸をくぐった途端、間口十四間余、奥行二十三間余の土間と板敷、座敷からなる広々とした一階で働く使用人、料理人や台所働きの者、座敷の中ほどで銘々膳について大急ぎで食事をしている新造や禿、黒羽織の末社、三味線を持った内芸者らが畏まって、いっせいに声をとどろかせた。

「番頭さん、お早うございます」

「ああ、みなご苦労さん」

了実はゆるやかに歩みつつ、慣れた口調でひと声かえした。

これが合図になって、夜見世の始まる支度が急速に進められていく。

土間の左手片側には数十俵の米俵や樽が積みあげられ、米俵の前をすぎた土間の奥半分の落《お》ち縁《えん》の、勝手口のある突きあたりまでが、八州屋で働き暮らす百人以上の遊女と奉公人、そして二階へあがる客の飲食を賄《まかな》う台所である。

飯を炊く大竃《おおかまど》が三つ、汁用の大竈と煮炊き鍋用の中形の三つの竈、揚げ物や焼物用の炉がひとつあって、薪《まき》が炎をあげ、炭火が真っ赤に熾《おこ》り、煙をのぼらせ、鍋と釜は湯気をたて、襷《たすき》がけの料理人、片肌脱ぎや諸肌《もろはだ》脱ぎの男ら、それぞれの竈や炉の番をする男女の番人らが、大声で遣りとりを交わし、皿や鉢を運び、膳を積み上げ、動き廻っていた。

表側の総籬をすぎ、中戸をくぐった客からは、左手に積みあげられた米俵や樽、正面奥には賑やかな台所が見える。

客は右手の板廊下へあがる。履物は若い者が預かって履物用の箱に入れる。廊下伝いに大階段下へいき、反転する形で遊女の待つ二階へ大階段をのぼっていく。というのも、人が楽にすれ違える幅のある大階段は、見世奥の内所の楼主に、大階段をのぼりおりする客や遊女を見張れるようにするため、表のほうではなく、見世の奥側に向けてつけられているからである。

茶屋を通さず見たてであがる侍の客なら、大階段ののぼり口で刀を預かる。

妓楼の大階段に手摺《てすり》はない。

大階段のある板廊下の右手が、絵襖の凝った障子で仕きられた一段高い張見世の部屋である。夜見世の始まる前、張見世に遊女の姿はない。

廊下の左手は、数十畳の座敷になっていて、板廊下は、土間側と張見世のある表側の二方向を矩形《くけい》で囲っている。

座敷の奥の一画、戸棚と縁起棚の前が楼主の坐る内所である。

内所には、人が何人も囲めるほどの長火鉢があり、五徳《ごとく》にかけられた土瓶と鉄瓶が湯気をのぼらせ、縁起棚の並びに金銀出入帳や大福帳などの帳簿、帳簿の上に遊女の働きを控える《かんばん板》、楼主の後ろには、侍の客から預かった刀を木札をつけてかける刀架《とうか》がある。

この内所に坐る楼主から、暖簾のかかった中戸より客の入ってくる様子や、低い障子屛風《びようぶ》をたてただけの土間と台所、客や遊女、芸者、妓夫、若い者、引手茶屋の者らが絶えずのぼりおりする大階段、絵襖の障子の張見世の様子、座敷の中ほどで急いで食事をする新造や禿らの様子を、すべて見守ることができた。

つまり、間口十四間余、奥行二十三間余の一階には、仕きりがいっさいない。一階の真ん中に太い大黒柱一本が支えるだけで、天井にかかった六個の《八間《はちけん》》が、妓楼・八州屋の舞台裏のすべてを煌々《こうこう》と照らしていた。

余談だが、客が使う小便用の便所は二階にあった。

この時代、二階に便所を作るのはむずかしかった。「二階で小便をしてきた」と言えば、吉原で遊んできたという意味に通じた。

了実が八州屋の中戸をくぐって、いっせいにあがった使用人らの声に合わせ、楼主と女将の女房、続いて楼主の妾《めかけ》が奥から現れ、長火鉢の前についた。

了実は土間から板廊下にあがり、座敷の中ほどで食事をしている新造や禿の傍らをすぎ、長火鉢の前に着座して畳に手をついた。

「旦那さま、お早うございます。今宵もよろしくお願いいたします」

「ふむ。よろしくな」

楼主が鷹揚《おうよう》にこたえ、女房と妾が「お願いします」と普段どおり言った。

了実は楼主より金銭出入帳、大福帳などの帳簿を預かり、座敷の一角に設けられた帳場格子についた。

帳場格子の場所は、奥の納戸部屋の壁を背にし、板廊下を隔てた張見世と大階段ののぼりおりが見える板廊下にしつらえた火灯窓のそばにあって、出入りする客を値踏みし、遊女の様子や応接ぶりを監視するのに適した位置だった。

了実は帳場格子につき、煙管に小火鉢の火をつけて一服した。

それから灰を落とし、了実の指図を待つ若い者に頷きかけた。

「張見世の刻限です。支度をお願いします」

二階廻しの若い者が階段の上に、張りのある声をかけた。

二階で遣手の指図する声が続き、やがて大階段を素足の花魁と新造らが早口にお喋りをしながらぞろぞろとおりてくる。

だが、階段下に帳場格子の了実が見えると、遊女らはぴしゃりと口を閉じた。

花魁を先に遊女らは階段をおり、板廊下をひたひたと歩んで、総籬と向き合った鳳凰《ほうおう》の絵を描いた壁側から張見世へあがった。

花魁と新造のあとからおりてきた遣手が、一階で待っていた三味線を持った内芸者ふたりに、続いて張見世にあがっていくように指図した。

張見世は、花魁の座に緋毛氈《ひもうせん》、新造や芸者の座には浮世茣蓙が敷かれている。

張見世に出るのは、昼夜二分の附廻しの花魁までである。

上級の呼出し昼三、また昼間の揚代三分の昼三は張見世をしない。

その中級の花魁に、それぞれ二朱の振袖新造と番頭新造が壁側の左右後ろに着座し、花魁の前には煙草盆と右手に硯《すずり》箱。籬寄りに大きな角行灯が明々と灯され、総籬のわきに二人の内芸者が三味線を抱えて坐った。

花魁は坐った姿勢をよく見せるため、臀《しり》の下に小形の畳表の台を敷き、簪笄を華やかに挿した島田《しまだ》の頭が周りより高くなっている。

そのときには、座敷や土間にいる者はみな声もなく張見世を見守っていた。

台所で働く料理人らの鉢や皿や碗の触れる音と、火が燃え、揚物がじいじいとたてる音ばかりが聞こえていた。

「支度が整いました」

若い者が一階中に響く、甲高い声を張りあげた。

了実は一階中をゆっくりぐるりと見廻した。そして、見廻した最後に内所の楼主へ向き、

「旦那さま、お願いいたします」

と、威厳をこめて言った。

内所の縁起棚には、金勢《こんせい》や祝儀包みが供えられ、千羽鶴やくくり猿が飾られ、鈴がさがっている。

鈴の紐をとった楼主が、ひと呼吸をおいて紐を勢いよく引いた。

じゃらん、じゃらん、じゃらん……

と、鈴が鳴った。

「よおぅ」

張見世の内芸者のひと声がかかった。

三味線がはじかれ、すががきの二上《にあが》りの浮きたつ調子のお囃子《はやし》が始まった。

余所《よそ》の見世でも、ほぼ同時にすががきが始まり、往来の賑わいがどよめきとなって、一段と高まった。宵六ツを告げる浅草寺の時の鐘がかすかに聞こえるが、三味線の音やどよめきにたちまちかき消された。

「お客さまです」

最初に暖簾を払って見世に入ってきたのは、七軒茶屋の引手茶屋の女将と若い者が案内した馴染みの客であった。客の後ろに、黒羽織の太鼓持ちが扇子をひらひらさせながら従っていた。

「おいでなさいましぃ」

一階中の者が、いっせいに声をあげて客を迎えた。

そのあとからも、次々と引手茶屋の者が案内する客が続いた。


「火の用心、さっしゃいましょう。二階を廻らっしゃいましょう……」

鉄棒《かなぼう》を、ちゃんこん、ちゃんこん、と鳴らしつつ、片手に台提灯を提げた火の番が往来を廻っていた。

夜半の九ツすぎ、夜見世を終えた了実は、若い者の米吉を従え、江戸町一丁目の往来へ出た。さすがに人通りは少なくなって、往来におかれている誰そや行灯と用水桶が、おき忘れられた荷物のように所在なげだった。

だが、往来の先の仲ノ町の明かりは相変わらず昼間のようである。

月はなく、空には星がまたたいていた。

しっとりと肌に冷たい夜気が、心地よかった。

江戸町一丁目の屋根つきの冠木門を出て、仲ノ町を大門へとった。

引け四ツに閉じられる大門は、辻行灯が灯されたわきの袖門《そでもん》から出入りする。

袖門をくぐり、大門をあとに箱提灯を提げた米吉が前をゆき、なだらかな衣紋坂を日本堤へのぼった。

日本堤に並ぶ掛小屋の明かりは、夜の帳《とばり》に包まれ、ぽつぽつとしか見えない。

黒い流れを横たえる山谷堀を越え、山谷町の奥州道に通じる吉原通りが普段の戻り道である。

田中の道を、米吉の箱提灯が頼りない明かりを投げていた。

広がる星空は鮮やかだが、周囲の田んぼは黒く沈んでいた。

明かりの届かない道の前方は、漆黒の闇である。

「疲れたな。今日も忙しかった」

了実は箱提灯をかざす米吉の背中に、何気なく声をかけた。

「へえ、毎日、お疲れさまでございます」

米吉が顔だけをひねり、箱提灯が小さくゆれた。それだけで二人は沈黙し、草履の音が夜道に寂しい音をたてていた。

了実が、「明日は……」と言いかけたときだった。

「ちょいと済まねえ。八州屋の了実さんですね」

前方の暗がりで、不意に声がした。

米吉が歩みを止めた。

了実も立ち止まり、前方に目を凝らした。

「誰だ」

米吉が質した。

前方の暗がりから足音が近づいてきた。

箱提灯のおぼろな明かりが、黒の股引と草履を先に照らした。それから、尻端折りの着物に月代が長くのびて額にかかった髪を横分けにした童顔の男が、軽快な歩みで明かりの中に入ってきた。

「了実さん、先だってお訪ねした公平です。夜更けにこんなふる舞いをして、申しわけねえ。驚かすつもりじゃありません。けど、こうでもしなきゃあ、会ってもらえねえんで。了実さん、弥作兄さんに頼んだ仕事をうかがいてえんです。弥作兄さんは、おれが世話になった仲間なんです」

「あ、またおまえか。この破落戸《ごろつき》が。おまえごときが、気安く話しかけてくるな。目障りだ。しつこくつきまとうと、番所に訴えるぞ」

米吉の後ろから、了実が怒声を投げつけた。

「そんなに怒らないでくださいよ。迷惑かもしれねえけど、ちょっとだけじゃないですか。弥作兄さんが、突然、いなくなっちまったんです。いなくなる前、八州屋の了実さんのためにひと働きするって、自慢してたんです。了実さんのためにひと働きって、何をやっているんですか。聞かせてくだせえ。弥作兄さんに伝えなきゃならねえことがあるんです。故郷の両親や兄さんの伝言を預かっているんです。弥作兄さんは、今どこにいるんですか」

「馬鹿か、おまえは。弥作など知らんと言ってるだろう。知らない男に、どんな仕事を頼むと言うんだ。二度と言わんぞ。弥作など知らん。知らんのだ」

「本当ですか、了実さん。知りもしねえのに、弥作兄さんが了実さんの名前を出したんですか。おかしいじゃねえですか」

「おかしいのは、おまえら下賤の輩《やから》だ。さては、わたしに言いがかりをつけて、

「金をたかる気だな」

「金なんか要らねえ、たかりじゃねえ。隠さないでくださいよ。弥作兄さんは、吉原の首代の菊蔵親分の手下なんです。菊蔵親分と了実さんは、じつは親しい間柄だって、噂を聞きやしたぜ。菊蔵親分の手下の弥作兄さんを、了実さんは知ってたんじゃねえんですか。知ってるから、ひと働きさせたんでしょう」

米吉は公平と了実の間にいて、戸惑いつつ、両者を交互に見ていた。

了実は足下を見廻し、石ころを拾った。

「こいつ、うるさい。消えろっ」

と、いきなり石ころを公平に投げつけた。米吉は首をすくめた。

石ころは公平の顔のそばを飛んでいったが、公平はよけもせず平然としていた。

「了実さん、お願いしますよ」

と、公平は了実へ踏み出した。

「や、こいつ、何をする」

「話が聞きてえだけです」

公平が進み、米吉と了実はそれに合わせてさがった。

「米吉、こいつを追い払え」

「へえ。おまえ、く、くるんじゃない。いけ、いけったら」

米吉が公平の前をふさぎ、公平の肩を突いた。米吉より公平は少し小柄だった。

米吉は、この程度の男なら追い払えると思っていた。

ところが、勢いよく突いた手は、公平がわずかにひねった肩には触れず、突いた勢いで前へ頼りなく流れた。

「あっ」

と、一瞬、呆気《あっけ》にとられた米吉のわきを公平が通りすぎていくので、米吉は慌てた。片方の手に箱提灯を提げたまま、わきから公平につかみかかった。

すると公平は、つかみかかる米吉の脇の下を、身体を折り畳んでくぐり抜けるように、素早く米吉の反対側へ廻りこんでいた。

その間も、了実へ向けた目は離さない。

米吉は、あれ、と思った。

だが、公平が消えたあとの空虚を抱きかかえたばかりだった。公平の身体にかすりもしなかった。米吉はつんのめって、道端の青菜の畑に倒れこんでしまった。

「ありゃあ」

青菜の畑に落とした箱提灯の火が消えた。

「誰かあっ。追剝《おいは》ぎだ。追剝ぎが出た。助けてくれえっ」

暗がりに包まれた中で、了実の叫び声が響きわたった。

「誰かあ、助けてくれえ」

米吉も青菜畑の中で叫んだ。

「ちぇ、しょうがねえな」

公平が言い捨て、走り去っていく足音が聞こえた。

第二章　与太

一

そこは、角町《すみちょう》の羅生門河岸に近い裏店である。

角町は元吉原からある吉原五丁町のひとつで、元吉原ができたとき、京橋北の角町の遊郭十軒ばかりが、女郎ともども吉原の一画に移って妓楼を営んだ。その一画が角町になった。

角町の妓楼は殆どが小見世で、大きくても中見世ほどである。

仲ノ町を隔てた揚屋町と同じように、小店をつらねている。

揚屋町は、普通の商家の表店や吉原で働く住人の裏店、そして裏茶屋も多い。

それに対し、角町はそういう住人の裏店や商家、裏茶屋の数は少なかった。

突きあたりの羅生門河岸までの往来に、小見世の妓楼の間口の狭い二階家が並んでいる。

角町の往来から小路へ入り、さらにひとつ二つ折れた路地奥だった。

天一郎と和助は、どぶ板を踏んで二階建て割長屋の一戸を訪ねた。

千代助《ちよすけ》は七十代半ばの、吉原の元幇間《ほうかん》である。

数年前まで、「千代助を呼べ」と言う馴染みがいるほどの芸人だったが、七十をすぎてさすがに足腰が弱って、「芸者がこうなってはいけません。あっしはこれで」と、馴染みや世話になった楼主に挨拶廻りをして隠居になった。

二十ほど歳の離れた、妓楼のお針をしていた女房がいて、その女房と二人暮らしである。五十の歳でできた倅は、十二歳のときから蔵前《くらまえ》の商家に奉公に出し、今は一人前の手代として堅気《かたぎ》の暮らしを送っている。

揚屋町の裏店から角町の二階家に越したのは、倅が生まれてからである。

一階に三畳と六畳に台所の土間、二階に四畳半のひと部屋と物干し台があり、千代助は空いた二階を隠居部屋に使っている。

「隠居部屋と言ったって、変わったことをしているわけじゃない。世間の年寄りと同じで、来《こ》し方をぼんやり思い出し、あのときのお馴染みは、あの遊女は、芸者の誰それは、あの見世の楼主は、と思い出すままにああだったこうだったと、吉原の四方山《よもやま》話を、とりとめもなく書き留《と》めているのさ。いやいや、あんたら読売屋さんに読ませるような代物じゃないよ。字だって、殆どひらがなしか書けないんだから。あっしは、花やら草木やら、なんとかの信心やらには関心がなくてさ。なんというか、この二階の窓から浅草のほうを眺めていると、途ぎれ途ぎれだけど、未だに思い出すのは生臭い人の営みのことばかりだ」

千代助は物干し台のある窓を背に坐っていて、天一郎と和助は千代助に向かい合って端座していた。

四畳半の一角には、千代助の文机《ふづくえ》と積みあげられた双紙や書物などがあり、千代助の後ろの物干し台ごしに、羅生門河岸の局見世の板屋根と、外塀の先の浅草田んぼが見えていた。

そのずっと先の空に、浅草寺の五重の塔が小さく突き出しているのも見える。

三人の前には、女房が運んできた香ばしい茶を淹《い》れた碗がおかれていた。

「二階にあがるのは確かにきつくなった。けどまあ、その程度は大したことじゃない。そこが自分の居場所と覚悟を決めたら、少々の苦労はいとわないし、案外、悪くないものだよ。住めばいずくも都なりだ。広いか狭いか、大きいか小さいか、うつくしいか醜いか、所詮はおのれの度量次第だね。隠居の身になり、わが身をふりかえって、つくづくそれがわかった。遅すぎたがね」

あはは……

千代助は気楽さを味わうように笑った。

小ざっぱりとした小紋模様の下に見える赤い襟筋が、幇間らしい洒落《しゃれ》具合で、襟の間から骨の浮いた胸がちらとのぞくのも、儚く散りゆく色気を感じさせた。

頭髪は薄い白髪で、月代にのせた髷も小さくなっていた。

それでも、少々黄ばんだ歯並みは綺麗にそろい、深い皺の刻んで染みのある顔に浮かべた笑みには、幇間の楽々とした気位が残っていた。

芸達者な男芸者の、枯れた粋が伝わってくる。

吉原には、西河岸と羅生門河岸に自身番がある。

西河岸の自身番に本次郎《ほんじろう》という定番がいた。定番は町費で雇う自身番常駐の番人である。

天一郎と和助は、今朝、西河岸の自身番の本次郎を訪ねた。

本次郎のことを聞いたのは、馬喰町にある読売屋の知り合いだった。

その読売屋は、吉原の評判の花魁事情などをたびたび読売種にしており、そこに

勤める知り合いの読売屋に天一郎は少々貸しがあった。その読売屋に、

「もし、吉原の事情で知りたいことが何かあったら、いつでも訊いてくれ」

と言われていた。

昨夜、吉原の戻り、天一郎と和助は馬喰町の読売屋に寄り道し、吉原の芸者の事情に詳しい者に会いたいのだが、と知り合いに相談した。

「そういうことなら、西河岸の自身番の定番をやっている本次郎に訊いてみな。呑み代ぐらいをにぎらせれば、誰それに会えとか、どこそこにいけとか、てめえは知らなくても、どうしたらいいか、けっこう親身になって手だてを教えてくれるぜ。おれも何度か本次郎の世話になった」

と、知り合いは言った。そして今朝、西河岸の自身番で、吉原にまだ太夫の位の遊女がいたころの芸者の事情に詳しい者なら、

「角町の千代助さんでしょう」

と、本次郎に教えられたのだった。

二階の物干し台ごしに眺める浅草田んぼに、午前のときが流れている。

「それで、備後屋のお稲さんのことなんですが……」

天一郎は、話の逸《そ》れた千代助に改めて問いかけた。

「お稲さんが芸者務めをしていたころ、子供を産み、里子に出したそうですね。その子供を産んだ事情をお訊ねしたいのです」

千代助は笑みを消さず、短い黙考を味わうような間をおいた。

「お稲のことを読売種にするのかい。だったら、あまり悪く書かないでやってほしいね。備後屋の鬼のお稲だ、鬼婆あだと恐れられている遣手だけどね。じつは、お稲は気だてのとてもいい情のある女なんだ」

「それは、備後屋の花魁の英《はなぶさ》さんも言っています。読売を売るために、鬼婆あを誇張したり作り話を書いて、お稲さんを嘲《あざけ》ったり貶めたりはしません。末成り屋の読売が、鬼婆あと呼ばれるほど恐い遣手のお稲さんを読売種にする本筋は、母親と別れた子との人情を描く世話物です」

天一郎はこたえた。

「ふむ、人情を描くか」

と、千代助は頷いた。

「備後屋の英は評判のいい花魁だからね。隠居する前、何度か英の馴染みに呼ばれてお務めをしたが、英の評判のいいわけがよくわかった。気遣い心遣いが誰にでもできて、花魁はそれが生まれつきなんだ。器量だって大見世の呼出しに負けない。

備後屋のご主人も、英には何も言うことがないそうだ。お稲が江戸町一丁目の松葉屋さんの寮で出養生できるのは、あれは英が松葉屋さんのご主人にかけ合ったらしい。むろん、出養生の費用は英が工面していると聞いている。松葉屋のご主人も備後屋の英が言うならと許したんだよ。それに、遣手のお稲にも一目をおいている楼主が多いからね。松葉屋のご主人もそうなんだろう」

千代助は、指の長い皺だらけの手で膝を軽く打った。

「お稲の病は、心の臓がどうもいけないらしいね。気にはかけているが、こちらもいつお陀仏《だぶつ》になってもおかしくない老いぼれだから、簡単にちょいと見舞いに、というわけにはいかないのさ。婆さんになったとは言え、お稲は十六か七、歳が離れていて、あっしはお稲の母親の知り合いのおじさん、というぐらいのかかわり合いだった。お稲の病がこののちずっと安静にしていないといけないなら、もしかしたらお稲はこの老いぼれより先にいっちゃうのかい。いやだね」

「芸者だったお稲さんには、ご亭主か、懇《ねんご》ろになった男がいたんですか」

「産んだ子は、その男の子かってお訊ねかい」

「そうです」

「お稲に亭主はいなかったが、子が生まれたんだから、懇ろになった男がいたことは確かだね。じつは、それがどういう男だったのか、あっしは本当のところは知らないんだ。お稲は話さなかったし、固く口をつぐんでた。男のことは話さないほうがいい事情が、きっとあったんだろう。お稲が住んでいた裏店の近所には、その男を知っている者もいたと思うよ。けど、今はもういない。誰もかれもいなくなっちまった。ときはすぎ去った。虚《むな》しいね」

と、虚しさと戯れるように笑った。

「その事情というのは、相手の家とかかわりがあるのでは？　老舗《しにせ》の大店とか、あるいは由緒ある武家だとか、そういう推量はできませんか」

「吉原の芸者ごときじゃ、身分が違いすぎるから自分から身を退《ひ》いた。産んだ子は里子に出して？　ふふん、そうかもしれないね。そんな噂が少し流れたことはあったけれど、所詮は噂だし、本人も話さないし。老舗の大店だろうと由緒ある武家だろうと、月日がたつうちみな忘れちまう。そんな話は、吉原には昔から幾らでもあるからさ。それで終わりだよ」

「それで、終わりですか」

「それで終わりじゃあつまらないかい。だったら、あっしの覚えているお稲にかかわりのあるところだけの、吉原の四方山話をしてあげよう。それをどう聞くか、聞いてどう思うかは、あんたら次第だ。まあお聞き」

千代助は、二階の天井裏へ枯れた眼差しを遊ばせた。

「母親が、やっとよちよち歩きのお稲を連れて吉原に流れきたのは、享保《きょうほう》の初めごろだった。女ひとり、芸者務めをしながら幼い娘を養い、揚屋町で裏店暮らしを始めたってわけさ。母親の身寄りのことも、お稲の父親のことも知らない。気の毒だからこっちも訊かなかった。母ひとり娘ひとりなんだから、訊いたって仕方がないよ。あっしもそのころは揚屋町で暮らしていたので、揚屋町の往来で、母親とお稲が連れだっていくのに会ったことが時どきある。十二、三歳になるころには、お稲はもう母親の三味線の筥《はこ》を持って、芸子見習でお座敷にあがっていたんだ。享保の半ばごろだった。目だたない、寂しい顔だちの童女だった。けど、よく見ると、ほうっとため息が出るほど綺麗な、冷たい感じさえした器量よしだった」

天一郎は、昨日、下谷の寮に見舞ったお稲の面影を追った。

「母親が亡くなったのは、お稲が十六のときさ。風邪をこじらせ、胸をやられちまった。数日寝こんで、それきりだった。可哀想に、お稲は母親のほかに身寄りのない暮らしだったから、ひとりぼっちさ。否《いや》でも応でも、十六の歳で芸者として一本だちしなけりゃならなかった。ひとりぼっちになったからって、生きるのをよすわけにはいかないしさ。もしかしたら、妓楼に身売りの話はあったかもしれないね。それがなかったのは、幸いにというか、母親はお稲がいずれはひとりで暮らしていけるようにと、物心ついたときより厳しく芸を仕こみ、読み書きの手習いや算盤まで習わせていたというから、偉いじゃないか。十六のお稲は、母親のあとを継いで、そのころはまだ中見世だった八州屋が抱える内芸者に雇われたんだ。そののちは、芸者としてそれなりに務めていたと思うよ。変わった噂は聞かなかった。好きな人ができた、懇ろになった男がいる、という話もなかったし。まれにお座敷で顔を合わせたとき、どうだい具合はって話しかけると、はい、どうにかやっていますと、寂しそうな笑顔をかえしてきてね。もうちょっと、気だてが明るければいいのにな、惜しいなって、思ったのを覚えているよ。だから、そういう噂のたたないのがかえって気がかりなくらいだった。一本だちしても、若い女のひとり暮らしは何かと物騒だし、第一、心細いじゃないか」

「二十歳前の器量のいい芸者に、言い寄る男はいなかったのですか」

「あっしは知らないね。よく見れば器量よしでも、ぱっと見には、寂しくて冷たそうな感じがして、男のほうも誘いにくかったんだろうね。あっしだって、独り身だったから、声をかけてもよかったんだ。けど、そのころは男芸者として生涯女房はいらないと意気がっていたし、お稲はよちよち歩きのころから知っている親類の子みたいな気がして、考えもしなかった。いい人が見つからないかね、と気にしている親類のおじさんさ」

「それじゃあ、寂しかったでしょうね」

と、天一郎の隣で和助が口を挟んだ。

「若いときは寂しいものさ。それが若さというものだよ」

千代助は和助をいなすように笑いかけた。そして続けた。

「あれは、享保の二十年だった。享保と言えば、吉原にまだ太夫や格子のいたころさ。遊女にも客にも穏やかな品格があって、のどかないい時代だった。近ごろは、下々の者が小金を稼いで馬鹿に偉そうになり、粋だいなせだと、妙に小賢《こざか》しくっていけないよ。その春の半ばすぎ、吉原の仲ノ町でお武家の斬り合いがあった。死人を出すほどの乱闘で、面番所の町方も手が出せなかったそうだ。雨が降っていて、仲ノ町に植えた桜の花の下に、斬り合ってけがをしたり命を落とした侍たちがごろごろしていてね。どっかのご家中のもめ事が原因だったそうだ。吉原の町役人が集まって、けが人の手あてをしたり亡骸の始末をしていたところへ、当のご家中の侍らが大勢やってきて、けが人や亡骸を運んでいった、そういう一件だった」

「どこのご家中の斬り合いだったんですか」

「ふむ。四十年も前のことで、どこのご家中だったか、名前も思い出せない。どっかの田舎大名のご家中さ。言いたいのは、それがあったから覚えているってだけのことさ。そのあとしばらくしてから、お稲にいい人ができたらしく、男がお稲の店で暮らしていると伝わってきた。あっしは、そうかい、お稲にもやっといい人ができたかい、そりゃあよかった、と思ったぐらいさ。それで、揚屋町の往来でお稲を見かけた折り、いい人の話を訊ねたら、いいえ、あれは遠い親類の人なんですよ、事情があってうちに泊まっているだけで、と言うじゃないか。おまえ、親類がいたのかい、どういう親類だい、と驚いて訊くと、ええ、ちょっと、と言葉を濁すばかりで要領を得なかった。さらにひと月ばかりがすぎて、お座敷で一緒になったとき、親類の話をまた訊いたら、事情が変わって親類はもういません、とにっこりして言ったので、そりゃなんだい、という感じだった」

「隠していたんですか」

「あとから考えると、そうなるね。お稲の店に若い男がいたのは間違いない。ただ殆《ちん》ど顔を合わせることがなかったし、男はずっと家に閉じこもっていた。裏店の雪《せっ》隠でも滅多に顔を合わさなかった。一度、雪隠ですれ違った折り、顔をそむけていたので目鼻だちはわからないが、足の不自由な若い男だったと、あとで近所の住人のひとりから聞いたことはあったがね。あっしは、それ以上質しても埒《らち》が明きそうにないので、ときがたつうちにお稲の男だか親類だかの話は忘れてしまった。相変わらずお稲のひとり暮らしも変わらなかったしね。ところが……」

千代助は、冷めた茶を含み、ひと息を吐《つ》いた。

天一郎と和助も、ひと息の間に冷めた茶を飲んだ。千代助は長い指の先で唇をぬぐい、手を膝に戻した。

「秋になって、お稲の細い身体の形が変わってきたのさ。子ができたことは、誰の目にも明らかになった。それでやっと、春のいっとき、お稲の店にいた足の不自由な、遠い親類のという若い男が、やっぱりお腹《なか》の子の父親らしいというのがわかった。おそらく、遠い親類じゃなく、赤の他人だったんだね」

と、千代助の話は続いた。

「遠い親類と言ったのは、ゆきずりの男と懇ろになったのを恥ずかしく思って、言いつくろっていたのかなと、腑《ふ》に落ちたね。なんだか、お稲の寂しい日々が見えた気がして、可哀想にも思えた。けど、お稲が変わったのはそれからだった。なんと言うか、急に強い女になった感じだったな。お腹が大きくなってからもお座敷を務めていたが、年の瀬になって揚屋町の裏店を引き払い、箕輪の浄閑寺で倅を産んだという話が伝わったのは、年が明けて正月の松の内がすぎたころさ。じつは、浄閑寺で子を産む前、お稲は八州屋のご主人にかけ合って身売りをし、そのころは八州屋の寮はなかったから、子を産んだあと里子に出すまで浄閑寺の世話になれるよう、その費用も含め、誰の手も借りずお稲自身が全部算段したと聞いたから、へえ、あの子はそういう子かい、大人しそうな顔をして、ずいぶんしっかりしているもんだと、内心驚き、感心もした」

「浄閑寺とは、投げこみ寺の浄閑寺ですね」

「そうさ。浄閑寺の住職は、先々代だった。八州屋もそのときは先代のご主人だったね。いずれにせよ、遠い昔の話だが」

「お稲さんの産んだ倅が、里子に出された先に、お心あたりはありませんか」

「ないね。それは今は、お稲しか知らないんじゃないか。それを知っている者は、もうみんな亡くなった。けど、浄閑寺の住職は、おそらく知っていただろうね。と言うか、浄閑寺の住職がお稲の産んだ子を里子に出す面倒を見たらしい。とも角、さっき言ったけれど、親類と言ってあっしに隠した足の不自由な男のことは、お稲はそれからも固く口をつぐんで話さなかった」

「話さないほうがいい事情が、あったのですね」

「あっしがそう思うだけだけどね。話さないほうがいいなら、こちらも訊ねはしないさ。こちらは、お節介な読売屋じゃないからさ」

あは、と千代助は皮肉をこめて笑った。

二

昼の刻限が近くなっていた。物干し台ごしに見わたせる浅草田んぼのほうから、やわらかな風が二階の部屋に流れてきた。

「あんたたち、昼を食っていきな。今日は女房が蕎麦を打っている。大したご馳走《ちそう》というわけにはいかないけどさ」

そう言えば先ほどから、階下より蕎麦を蒸すほのかな香ばしさがたちのぼってきて、そよ風と戯れていた。

いいえ、そんな、と遠慮した。いいから食っていきな、四方山《よもやま》話は済んじゃいないんだよ、と千代助は譲らなかった。天一郎も和助も、それからのお稲の身の上は気になった。

千代助は階下におりて女房に言いつけ、ほどなく、二十歳年下の女房が大笊《おおざる》に盛った蕎麦を運んできた。鰹《かつお》だしの辛めのつけ汁に、山葵《わさび》やきざみ葱、大根おろし、唐辛子の薬味が添えられていた。

「さあ、食ってくれ。女房は蕎麦打ちの名人でね。汁も自慢なんだ。わが女房の打った蕎麦が食いたいがためにね、長生きしちまったよ」

千代助は、楽しげに勧めた。

さらさらとした香りと辛み、喉を通る食いごたえが、窓の外の明るい空とそよ風に似合っていた。天一郎はそのうまさに、思わず、うむ、と声が出た。得《え》も言われぬ味わいが、腹と心を満たしていった。

三人は、たちまち笊を綺麗にした。

それから暖かい茶でひと息を吐くと、三人の男たちの間に、ささやかな満ち足りた昼のひとときが、ゆっくりと流れていくのだった。千代助は、天一郎との間の宙へ懐かしそうな眼差しを遊ばせ、

「その年、元文《げんぶん》元年に移った夏だったな。お稲は八州屋の花魁になった」

と、再び続けた。

「むろん、初めは新造だ。源氏名は八橋だった。禿から姉女郎について道中の供を

する振袖新造じゃなく、見世張《みせはり》の突出《つきだ》しで一本になる留袖新造《とめそで》だった。子を産んだ年増なので、部屋持ちにはなれるが、附廻しや昼三の上妓にはなれない新造だ。ところが、元々の器量のよさと、子を産んだことで何かがふっきれたみたいに気だてが明るくなって、器量にますます磨きがかかったのさ。二、三年もたつうちに八州屋の一、二の評判を競う花魁になった。八州屋のみならず、そのころはまだ太夫や格子の遊女がいた吉原で、細見《さいけん》などでも、八橋は太夫や格子に代わって、高い評判をとるようになっていた。吉原は変わり始めていたんだね。八州屋が中見世から大見世になっていくのも、そのころだよ」

「八州屋の番頭の了実さんは、そのころは八州屋に勤めていたのですか」

「了実は、今でこそ大見世の八州屋の番頭で、大きな顔をしているが、上方から流れてきた素性のよくわからない男だ。性根に正体の知れない濁りがあって、あっしはあの男とは反りが合わなかった。不寝番《ねずのばん》の若い者として働き始めたのは、八橋が昼三の花魁で評判がもっとも高かったころだった」

「了実さんは、八州屋が中見世から大見世になれたのは、自分の番頭としての働きがあったからだと、自慢していらっしゃいました」

「それは違う。あっしが生まれた元禄《げんろく》、それから宝永《ほうえい》、正徳《しょうとく》のころまでは、吉原には、お大名や大家のお武家、大店のご主人でも、単に身分の高いとかお金持ち、どこそこのお偉方、というだけじゃなく、人柄に素養と品格のあるお歴々がまだ少なからずいたものさ。そういうお客をもてなす遊女は、ただ同衾《どうきん》すればいいというのでは務まらない。お歴々を楽しませる遊芸を、身につけていなきゃあならなかった。だから、遊芸をきわめた太夫が、吉原の遊女の松の位だった。松の位の太夫のいることが売女《ばいじょ》の岡場所と吉原の違いだったんだ。けれど、世が移り、札差《ふださし》に米問屋、両替商、職人仲間の頭、粋やいなせや通をひけらかす新しいお金持ちが、それまでのお歴々から吉原の主なお客にとって代わり、太夫のような遊芸に優れた格式の高い遊女より、新しい昼三、附廻しの花魁がお客の評判を呼ぶようになっていった。昼三や附廻しの花魁がお客の評判になるに従って、あそこの見世、ここの見世と、吉原の太夫が姿を消していったわけさ。忘れもしない。宝暦のころの玉屋の花紫が、吉原最後の松の位の太夫だった。八橋が八州屋の新造になったころは、花魁という新しい遊女が、次々に生まれていたころさ。八橋も、すぐにそういう人気の昼三の花魁になった」

「そうか。当代はお大名だって蔵元の言いなりだし、旗本や御家人は札差に頭があがりませんもんね」

和助が言った。

「そういうことだね。八州屋の先代は、遊女を太夫や格子からいち早く花魁にきり替えた楼主だった。世の中の移り変わりに敏《さと》い八州屋のような妓楼が大見世になっていくに従い、太夫や格子を呼んだ揚屋町の揚屋も、潰れてなくなるか、妓楼に商売替えをしなければならなくなった。お稲が遣手をしていた中見世の備後屋も、元は揚屋町の揚屋だった。先代が妓楼に衣替えしたのさ」

天一郎と和助は、同時に頷いた。

昔は、揚屋にあがった遊客の相手となる遊女を、揚屋が《差紙《さしがみ》》を出して遊女屋より呼び、客は揚屋で遊女と遊ぶ。そのとき、遊女が揚屋へいく務めを、道中と呼んだのである。

今は引手茶屋が遊客を馴染みの花魁がいる妓楼へ連れていく。

揚屋はなくなり、揚屋町の町名だけが残った。

「了実が八州屋の番頭に納まったころは、八州屋はすでに江戸町一丁目の立派な大見世だった。了実が八州屋を大見世にしたと自分の手柄みたいに言うのは、手前味噌もいいとこだね。八橋のような花魁が、太夫や格子に代わっていく世の流れだったのさ。先代のご主人が、了実の働きを認め番頭にとりたてたということでは、馬鹿な男ではないのは確かだけどね」

　そのとき、天一郎の脳裡に了実の倅のことがよぎった。天一郎は、ふと、気になって訊ねた。

「了実さんには、忠太郎という倅がいますね。あれはどういう男ですか」

「ああ、与太の忠太郎だね。了実も倅のことではだいぶ頭を悩ませているようだ。働きもせず、山之宿あたりの盛り場をうろついている遊び人だよ。去年の暮れだったか、山之宿の八十助という貸元の縄張りでもめ事を起こし、命を狙われているだの、江戸から逃げるだのと噂が流れたが、そののち収まったようだから、始末はついたんだろうね。忠太郎が、どうかしたのかい」

「昨日、山谷町の了実さんを訪ねての帰りぎわ、ちょうど忠太郎さんが戻ってきましてね。親子喧嘩が始まったんです。了実さんが、山之宿がどうのと、忠太郎さんを怒鳴っていました」

「たぶん、八十助とのもめ事の件だろう。まだくすぶっているのかね。表だってじゃないが、了実は吉原の首代の菊蔵とだいぶ親しいらしく、菊蔵が、忠太郎と山之宿の八十助との間に仲裁に入ったとか、噂を聞いたがね」

「首代の菊蔵？」

「吉原が飼い殺しにしている命知らずさ。惣名主の指図を受けながら、吉原だけじゃなく、山谷や新鳥越あたりのその筋でだいぶ幅を利かせている親分だよ。同じ命知らずの物騒《ぶっそう》な手下を抱えている。了実は八州屋の番頭で大きな顔をしているが、性根の知れない男だから、菊蔵みたいな男と馬が合うんだろう。何かと後ろ盾になって、恩を売っていたそうだ」

それで……と天一郎は考えた。

千代助は白々とした笑みを見せ、「気になるのかい」と言った。

和助が天一郎へ訝しげな目を向けている。

「すみません。で、お稲さんは、八州屋の年季が明けてから西河岸小見世の牡丹屋喜八店に移ったと聞きました。その事情については……」

天一郎は話を戻した。

「八州屋の借金が残っていたんだろう。八橋は昼三でずいぶん稼いだけれど、姉女郎として振新《ふりしん》や禿の面倒をよく見る花魁だったからね。姉女郎は、若い振新の後ろ盾になる《御役《おやく》》という負担が案外多いんだよ。普通はそれを馴染みにおねだりするところを、八橋はどうやら、そういうことをしなかったようだね。それが八橋のよさなんだが、そのよさが災いした。可哀想に、八州屋の借金はかえせなかった。

先代のご主人は、三十になる八橋を売りどきと考え、小見世の牡丹屋へ売り遣《つか》わした。楼主としては、当然のふる舞いさ。落ち目の八橋、と言う者もいたね。それでも八橋は、牡丹屋のたったひとりの番頭新造として、客をとりながら見世の遊女らの雑事をこなし、いろいろ世話もしてやり、ご主人にずいぶん頼りにされるぐらいになっていたと、聞いているよ」

「牡丹屋は、今も喜八さんが楼主で？」

「何もかもすぎ去った昔の話さ。牡丹屋はもうない。火事で焼けて、今は別の見世になっている。八橋が三十九歳のときだった。病気もせず、無事、牡丹屋の年季が明けて、芸者のお稲に戻り、牡丹屋の張見世で、すががきを鳴らしたりしていた。手が空いたときは、牡丹屋の下婢《はしため》みたいな仕事をしながらね。お稲には、吉原以外にいくところがなかったんだ。それが、牡丹屋が火事になって焼け出されたことが、ある意味じゃあ節目と言うか、転機になった。備後屋の先代が、お稲が八州屋にいた八橋のころは言うまでもなく、牡丹屋での働きぶりも知っていて、いくところがないなら、うちの遣手をやらないかい、と声をかけた。宝暦の五年だったと思う。備後屋の先代が、妓楼に衣替えして間もなくお稲を遣手に雇った。それが、備後屋の鬼婆あの始まりさ」

火事に焼け出され、何もかも失って焼け跡に佇《たたず》むお稲の姿が見えた。

天一郎と和助は、昼見世の賑わいを見せていた吉原をあとにし、日本堤を箕輪へとっていた。

角町の千代助に謝礼を差し出したが、千代助は「よしなよ」と、受けとらなかった。それを「あたり前の謝礼です」と無理に差し出すと、

「だったらこれは、お稲にわたしてくれないか。松葉屋さんの寮は、下谷の竜泉寺のそばだろう。歳なもんだから、下谷までいくのが億劫《おっくう》でね。それと、母親に手を引かれて揚屋町の往来を歩いていたあの小っちゃかった童女が、今は歳をとって病の床に臥せっているのを見舞うのは、つらいんだ。誰にだって起こる仕方のないことだが、やりきれなくってね。頼むよ」

と、千代助は枯れた笑みを浮かべて言ったのだった。

千代助の話を聞き、天一郎はすがすがしい気分になった。

一方で、何かしら言いようのないやるせなさを覚えていた。

お稲の身の上がやるせないのか、人の世の儚さか虚しさか、何かはわからなかった。ただ、千代助の「つらい」と最後に言った言葉が胸に沁《し》みた。

のどかな日和の下をゆきながら、和助がため息をもらした。

「どうした、和助」

つい、天一郎は、ゆく手の箕輪のほうを漫然と見やりつつ言った。

「お稲さんの事情が、だんだんわかってきましたね」

「だんだんな」

「いい読売になりそうですね」

「なればいいがな」

「お稲さんは、受けとるでしょうか」

うん？　と天一郎は和助を見かえした。

「昨日、お稲さんは、持って帰っておくれって、わたしらの見舞いは受けとらなかったじゃないですか。人のことは放っておいておくれって」

「千代助さんは、お節介な読売屋と言っていた。だが、人のことを放っておけないのが、きっと、人の縁なんだろう。われらに話を聞かせてくれた千代助さんも、お英さんも、お節介なんだろう」

「そうですね。なんだか、放っておけない。だから人の縁なんですよね。お稲さんの産んだ子供のことが、浄閑寺でわかるといいですね」

「わかるといいな」

と、二人が日本堤から目指した浄閑寺は、箕輪町から山谷堀に架かる通新町橋《とおりしんまちばし》を北へ渡った下谷通新町はずれの山谷堀沿いにあった。

里俗《りぞく》に、投げこみ寺とも呼ばれる浄土宗の寺である。

浄閑寺からは、山谷堀の南東の方角に吉原、東の方角、田畑や原野が坦々と広がる彼方に山谷町の町家、北のほうは千住大橋《せんじゅおおはし》へいたる小塚原《こづかっぱら》の町家が、寺院の屋根や森の陰に点々と眺められた。

先々代の孫にあたる浄閑寺の若い住職は、先々代のとき、お稲という二十歳の吉原の芸者が浄閑寺で子を産み、生まれた子を里子に出した経緯について、どういう事情があってのことか、何も知らなかった。

「何しろ、わたくしが生まれる前のことですのでね」

色白のほっそりした住職は、神妙な面持ちで天一郎と和助に言った。

「お稲という名も、この寺で子を産んだ話もまったく存じません。ですが、お聞きした事情ならば、困っている人や苦しんでいる人々に寺が救いの手を差しのべるのは、当然のふる舞いに思われます。先々代は、仏に仕える僧として、なすべきことをなした、それだけなのではありませんか。わたくしが先々代の立場であったとしても、同じことをいたします。別に、変わったふる舞いではありません」

それから、住職は物思わしげな間をおき、「しかし……」と続けた。

「ひとつ、ぼんやりと覚えていることがあります。わたくしが、僧になる修行を始める前の幼い子供のころです。先々代と先代が話していたのを、そばにいて聞いたあることとです。昔、先々代にかかわりのあった誰かの子供を寺の世話で里子に出したことがあって、その里子に出した先の当主がとても高い身分に出世をし、いずれあの子も当主の跡を継ぐような身分になるのかもしれない、これも御仏《みほとけ》のお導きではないか、という話を聞いた覚えです」

「子供を寺の世話で里子に出した？　高い身分とは、どのような」

天一郎は訊いた。

「さあ、どのような身分かまでは」

「里子に出した家の名は……」

「わかりません。ただ、殿さま、殿さまがなんとか、という言葉が、先々代と先代の間で言い交わされておりました。子供心に、殿さまという言葉がちょっと驚きでした。ですから、もしかして里子に出した先は、お武家だったかもしれません。だとしても、出世したとても高い身分が、殿さまの身分なのか殿さまにお仕えする身分なのか、そもそも、殿さまにかかわりがあるのかないのか、何ひとつ定かではありません。殿さまにもいろいろあります。将軍さまも殿さまですし、お大名も殿さまです。お仕えする方によっては、お旗本《はたもと》も御家人《ごけにん》も殿さまですのでね。何しろ幼い子供の耳に脈絡《みゃくらく》もなく聞こえただけです。聞き違いがあるかもしれませんし、それがお稲さんにかかわりがある話かどうかは、存じません。お稲という名前が出てきた覚えは、まったくありませんから、どうぞ、誤解のないように願います」

天一郎と和助は顔を見合わせた。

三

浄閑寺よりの戻り、日本堤へ折れる箕輪町の辻で、天一郎は和助に言った。

「確かめたい事ができた。番町《ばんちょう》の村井《むらい》家へいく。和助は先に戻れ。今晩、どういう読売にするか、みなで相談しよう」

「番町のご実家へですか。承知しました。では、今夜は天一郎さんが戻るまで、修斎さんと三流さんにも伝えて、待っています」

と、和助は日本堤を戻っていき、天一郎は上野《うえの》の山下へ道をとった。

番町の村井家は、下谷をすぎ、外神田《そとかんだ》から牛込《うしごめ》へ向かい、牛込御門橋よりお濠《ほり》を番町へ渡った裏四番町の、富士見《ふじみ》坂に小普請衆《こぶしんしゅう》旗本千五百石の屋敷をかまえている。

当主の村井五十左衛門《いそざえもん》は、天一郎の義父である。

すなわち、つながりのうえでは、村井家は天一郎の里方になる。

金杉町《かなすぎちょう》、坂本町《さかもとちょう》とへて、下谷の往来から信濃《しなの》坂の坂下門をくぐった。

道は、右手に寛永寺《かんえいじ》の御山の樹林、左手に寺院の土塀がつらなっている。

夕刻前の刻限の西の空に傾いた日は、御山の木々にさえぎられ、道はひやりとする青白い影の下を真っすぐ通っていた。

道に人通りはなく、御山の木々で鳴き騒ぐ鳥の声ばかりが賑やかだった。

ほどなく天一郎は、寶勝院《ほうしょういん》という寺の土塀の角を、山下の往来に出る屏風《びょうぶ》坂門のほうへ折れた。折れたところで歩みを止めて、寶勝院の土塀に背を凭《もた》せかけた。

腕組みをし、遅い午後の空にたなびく雲を眺めた。

鳴き騒ぐ鳥の声の中に、草履の足音が急ぎ足に近づいてきた。

「公平」

と、天一郎は寶勝院の土塀の角を折れてきた公平に呼びかけた。

「あっ」

公平は不意を突かれたように足を止めた。

手拭を頬かむりにして、尻端折りに黒の股引、黒足袋、粗末な草履をつっかけた恰好で、頬かむりの手拭の下に月代ののびた毛がさらさらしている。

公平は、すぐに愛嬌のある笑みを見せた。

「やあ、天一郎さん」

「公平、江戸に戻っていたのか」

天一郎は土塀から離れ、公平の前へ進んだ。

「うん。江戸へ戻って、じつはそろそろひと月になる。天一郎さん、おれがわかっていたのかい」

「金杉あたりで、つけられていると気づいた。だが、まさか公平だとは思わなかった。つけていると言うより、遠慮しいしいついてきている様子だったので、不審には思わなかった。坂下門をすぎて、公平だとわかって驚いた」

「天一郎さんは、やっぱりすごいな。末吉《すえきち》って、昔のてき屋仲間が新鳥越町に住んでいてね。江戸へ戻ってから、末吉の店に泊めてもらっている。末吉は、土手通りの掛小屋で下駄と傘を売っているんだ。今朝、店を開く支度を手伝っていたら、天一郎さんと和助さんが通りかかったのを見かけてさ。それで……」

「そうだったのか。公平、無事で何よりだ。本当によかった」

天一郎は、思わず小柄な公平の肉の締まった肩に触れた。

公平は、うんと頷き、頬かむりをとった。照れ臭げに天一郎を見あげる目が、赤く潤んでいた。

「去年、南八丁堀の土手蔵の屋根から川へ飛んだときは、声が出なかった。だがすぐに、公平があれぐらいで死ぬはずがないと思った」

「町中に捕り方がとり巻いていて、ああするしかなかったんだ。南八丁堀から海へ出て、洲崎《すさき》まで泳いで逃げた。海は真っ暗で、雪がちらついて手足は凍えて、死ぬかと思った。けど、絶対に死なねえと言い聞かせて泳いだんだ」

「凄いな。なんという男だ」

「あれから、八州を廻る旅暮らしさ。天一郎さんに会えて、嬉しいよ」

「公平、なぜ戻ってきた。江戸はおまえの故郷だが、安らげる場所ではない」

「旅先の野州で、ある人に江戸に戻る機会があったらと、頼み事をされたんだ。そしたら、姉ちゃんにもお牧にも会わずに江戸を出たことを急に思い出してさ。せめてひと目会って、別れを言いたくなった。それで、つい戻ってきちまった」

「公平から託《ことづか》った物は、お牧にもお英さんにもわたしたぞ。昨日、たまたま用があってお英さんを訪ねた。公平から便りはないとお英さんは言っていた。今日もその用で吉原へいったのだ。ひと月前に江戸へ戻って、しかも吉原のすぐ近くにいて、どうしてお英さんにまだ会っていないのだ」

「こっそり江戸に戻って、姉ちゃんとお牧に会うつもりだったし、築地川の末成り屋へ顔を出して、天一郎さんにも会いてえと、江戸へ戻るまでは考えていた。けどやっぱり、会うのはやめた。おれは町方に追われる身だ。おれが向こう見ずな真似をして、姉ちゃんやお牧に迷惑をかけることになったら堪《たま》らねえ。おれのために天一郎さんが町方に睨まれたら、申しわけねえから」

「そうか。それでわたしを見かけて、声をかけようかかけまいかと、迷いながらこまでつけてきたのか」

「天一郎さんにも会わないつもりだったんだ。なのに、申しわけねえなんて言いながらあとをつけたのは……」

公平は、ゆっくりと首を横にふった。

「天一郎さんに、頼みてえことができたのさ」

「公平、旅先でどんな頼み事をされたんだ。誰に頼まれた」

公平は周囲を見廻した。賑やかな鳥の声のほかに人影はなく、木々の間から午後ののどかな空が見えていた。

「公平、広小路へいこう。人の多いところのほうが、かえって目につかない」

「いや。ここでいいよ。おれの用はすぐに済むんだ。天一郎さんもいくところがあるんだろう。和助さんと別れてわざわざこの道をとったんだから」

「そうだが、今でなくてもいい」

公平は、額に垂れたさらさらした髪を横に分けた。

「てき屋仲間に、弥作って兄き分がいたんだ。郷里は野州の大谷村でさ。弥作さんは、小さなお百姓の次男坊で、わずかな田んぼを継ぐ兄さんにやっかいをかけたくないから、一人前に稼げるようになるため、十七のとき家を出た。だけど、江戸で何年も暮らして芽が出ねえから、一年前にてき屋稼業の足を洗い、郷里へ戻ることにしたんだ。おれは千住宿まで弥作さんを見送って、千住宿で別れた。去年の十一月、おれも江戸を出る羽目になって、旅廻りの渡世になっちまった。先月、野州の旅の途中、弥作さんの郷里を訪ねたんだ。ところが、弥作さんは郷里に戻っていなかった。弥作さんの両親と兄きが言うには、弥作さんは、吉原見物にきた郷里の人とこの一月に吉原で、偶然、出会っていて、その折り郷里の人に、自分は今、吉原の菊蔵という親方の手下になっていて、重要な仕事を任されている身だと言っていたそうなんだ」

「吉原の首代の菊蔵か」

「天一郎さん、首代の菊蔵さんを知っているのかい」

「名前を聞いたことがあるだけだ。弥作さんの両親か兄さんに、頼み事をされたんだな」

「両親と兄きに、江戸へいく機会があったら、村に新田を開く話が進んでいて、仕事はあるから帰ってくるように弥作さんに伝えてくれと頼まれた。路銀までわたされたよ。だから、姉ちゃんやお牧に会えなくても、弥作さんには会わなきゃならねえのさ。両親と兄きが弥作さんの帰りを待ってるぜって、伝えるためにさ」

「弥作さんには、会ったのか」

「まだなんだ。末吉に弥作さんの話をしたら、末吉も、去年の春ごろ、土手通りで弥作さんを見かけ、弥作さんじゃありませんかと声をかけると、いつの間にか菊蔵さんの手下になっていると聞かされ、驚いたと言ってた。郷里に戻ったんじゃないんですかと訊いても笑っているばかりではっきりしないし、それからまれに出会っても、たいてい菊蔵親分の手下らと一緒で、ようって声をかけるぐらいで、弥作さんがなんで菊蔵親分の手下になったのか、事情は知らないとも言ってる。おれもそのとき末吉から、菊蔵さんが吉原の首代で、手下を何人も抱える親分だってことを教えられた。ただ、首代って何をしている親分なのか、今もよく知らねえけど」

「菊蔵親分のところに、弥作さんはいたんだろう」

「それが妙でさ。菊蔵親分のところへいっても、おれなんかまともに相手にしてくれねえのさ。しかも、手下のひとりが、弥作さんはもういない、どっかへ姿をくらましちまったって言うんだ。じつは、末吉の話では、年が明けてから弥作さんと土手でいき合ったとき、弥作さんが、今度、菊蔵親分の指図で、吉原の大見世の八州屋の了実という偉い番頭さんの重要な仕事を手伝うことになったと、吉原で出世したみたいに、自慢していたらしいんだ」

「菊蔵さんの指図でとは、どういうことだ」

「よくわからねえ。菊蔵さんにはまともに会えないし。だから、話に出た八州屋の番頭の了実さんに会いにいったんだ。だけど、了実さんも、弥作なんて知らない、おれなんかと話をする気はないと、まるでおれがたかりにきたみたいに罵《ののし》って追《おっ》払《ぱら》うばかりでさ。昨日の夜も、弥作さんのことを訊きにいったんだけど、石を投げられて、おれじゃあ話にならねえ」

公平は腕組みをして、思案にくれているふうだった。

「それで……」

と、公平は上目遣いに天一郎を見つめた。

「天一郎さん、八州屋の番頭の了実さんに会って、弥作兄さんの事を訊いてもらえねえかな。弥作さんがどこで何をしているのか、了実さんを手伝う仕事ってなんなのか、訊き出してほしいんだ。今すぐじゃなくてもいい。天一郎さんの手の空いたときに。弥作さんの居場所さえわかれば、会いにいくつもりだ。このままじゃあ、弥作さんの両親や兄きに合わせる顔がなくてさ」

天一郎は大きく頷いた。

「任せろ、公平。八州屋の了実さんは知っている。昨日、お英さんと会ったと言っただろう。お英さんと会った用のかかりあいで、たまたま了実さんとも会ういきがかりになったんだ」

「姉ちゃんが？　読売の仕事でかい」

「それもあるし、お英さんから頼まれたこともあってな。そっちの件は別の機会に話してやる。明日、了実さんに会って、弥作さんの事情を訊いてこよう。わかったら、すぐに知らせる。末吉さんの新鳥越の店だな」

「昼前からは、土手通りの末吉の小屋にいる。吉原へゆく客に、下駄と傘を売っている小屋さ。そっちにきてもらえれば……」

公平の思案にくれた顔が、少し晴れた。

「天一郎さん、もういくよ。これから忙しくなるんで、末吉の手伝いをしなきゃあならないから」

「いいとも。じゃあまたな。そうだ、お英さんには会いにいけよ。お英さんは公平の身をとても気にかけている。なんとかして会って、安心させてやれ」

「うん。江戸を出るまでに、一度は姉ちゃんに会うつもりさ」

じゃあ、と公平は俊敏に身をひるがえした。そして、御山の杜《もり》の木々と土塀の間の道を、坂下門のほうへ見る見る歩み去っていった。

天一郎は屏風坂下の寶勝院《ほうしょういん》の土塀の角に佇み、公平の後ろ姿が彼方の坂下門をくぐって見えなくなるまで見送った。

四

かすかな疑念が、天一郎の好奇心を捉えたのだった。

公平から聞いた吉原の首代の菊蔵と大見世の番頭・了実のつながりは、訝しい謂われがありそうに思われてならなかった。

菊蔵の手下だった弥作という元てき屋が、吉原から姿を消した。

姿を消す前、弥作は菊蔵の指図で、八州屋の番頭の了実の重要な仕事を手伝うことになったと自慢していた。

大見世の番頭が、首代の手下に手伝わせる重要な仕事だと?

天一郎は腑に落ちなかった。

読売屋の好奇心が、腹の中でうごめいていた。

吉原へ通うのが、三日目になった。

三日連続して、晩春ののどかな天気が続いた。

天一郎と和助は、三十間堀の新シ橋の河岸場から、山谷堀まで舟に乗った。

昨夜、末成り屋に戻り、公平に会った事情を伝えると、ならば、ついでにそれも一緒に調べよう、何か読売種になるかもしれない、と話が決まった。やはり、天一郎と和助がいくことになった。

山谷橋の船着場から新鳥越町をすぎ、山谷町東禅寺北横町の往来へ折れた。

まだ春なのに、暑い日になりそうだった。山茶花の垣根に囲まれた了実の店に、朝四ツの汗ばむくらいの日が射していた。

応対に出てきたのは、一昨日の若い女ではなく、年増の了実の女房だった。

「ああ、読売屋さん。今日もまた、うちの人に何か？」

と、天一郎らが一昨日訪ねたことを聞いていたようで、天一郎らに用心している落ち着かない素ぶりがうかがえた。

しばらく、表戸の外で待たされた。再び出てきた女房は、「庭のほうへ廻っとくれ。うちの人は庭にいるから」と、ぞんざいに言った。

主屋《おもや》に沿って前庭から中庭へ廻った。

濡《ぬ》れ縁《えん》先の庭の盆栽棚に向かって、了実は黒松の斜幹《しゃかん》の枝を整えるため、木鋏《きばさみ》を入れていた。明るく降る日射しの下で、盆栽棚に並んだ松柏《しょうはく》や、黄梅《おうばい》、海棠《かいどう》、桜などの花木の植栽が矯姿《きょうし》を競っていた。

「おはようございます」

天一郎と和助は、丸めた了実の背中に声をかけた。

了実は、黒の帷子の上に鼠色の袖なし羽織を羽織っていた。

すぐにはこたえず、木鋏の乾いた音をたて、斜幹の整枝《せいし》の具合を見ていた。

やがて、ふむ、とうなり、顔だけを天一郎と和助のほうへひねった。

「まだ何が訊きたい。お稲のことで知っている事情は全部話したが。わたしは夜が遅い仕事でね。まだ朝飯前なんだ」

了実は不機嫌を隠さなかった。口元を煩《わずら》わし気に歪《ゆが》めた。

「朝っぱらから、申しわけありません。今日は、お稲さんの事情ではなく、弥作のことを、うかがいにあがりました」

天一郎が言うと、了実は黒松へ顔を戻し、また木鋏の音をたてた。

「誰だい、その何とかは……」

「弥作です。吉原の首代の菊蔵さんの手下で、了実さんが仕事を手伝わせた男です」

「菊蔵の手下に、わたしが仕事を手伝わせただと？」

了実は整枝の手を止め、背中を向けたまま言った。

「そうです。親分の菊蔵さんの指図を受け、八州屋の了実さんの重要な仕事を手伝うことになったと、弥作さんが知り合いに自慢していたそうです」

了実は噴き出した。

「まったく、読売屋とはけったいなことを言う輩だな。八州屋は、江戸町一丁目の吉原の大見世だぞ。八州屋の番頭は、毎日、引け四ツの真夜中まで暇なしの勤めだ。

首代の菊蔵は知っているよ。道で会えば、挨拶ぐらいはするからな。だが、菊蔵の手下のことまで知るわけがなかろう。だいたいが、菊蔵がどんな手下をどれだけ抱えているのか、気にしたこともなかった。菊蔵の手下のことなら、菊蔵に訊けばいいじゃないか。わたしに訊かれてもこたえようがない」

「菊蔵さんには、あとでうかがうつもりです。まずは、了実さんが弥作にどんな仕事を任せたのか、それを先にお訊きしたいのですよ」

「知りもしない三下に、わたしがなんの仕事を任せる。馬鹿ばかしい。そんなことを訊きにきたのなら、話にならん。無駄だ。帰ってくれ」

了実は素っ気なく言った。

「了実さん、知りもしないのに、弥作がなぜ三下だとご存じなんですか。弥作を知っていらっしゃるんじゃ、ありませんか」

指先を枝に触れさせながら、小太りの背中が笑った。

「三下じゃないのかね。ただ、そう思っただけだ」

と、背中を向けたまま言った。

「弥作が姿を消したのです。了実さんの重要な仕事を手伝わされ、どこかへいかされたのではありませんか。弥作のいき先をお訊きすれば退散します」

「あんたら読売屋のしつこさには、辟易《へきえき》させられる。知らんと言ってるだろう。繰りかえすが、八州屋の番頭のわたしが、知りもしない三下に手伝わせる仕事などあるわけがない。少しは頭を働かせたらどうかね」

「了実さん、変ではありませんか。知りもしない三下が、吉原で指折りの大見世の番頭を務める了実さんの名前を、作り話をするにしても、出すはずはないのです。そんな偉い番頭さんの仕事を手伝うことになったと作り話をしても、誰も信じないし、了実さんが仰ったように馬鹿ばかしいと、少し頭を働かせれば自分でわかるからです。すなわち、弥作が了実さんの仕事を手伝うと言ったのは、本当のことだからではありませんか。だから自慢げに話したのではありませんか」

「読売屋さん、あんた、それを誰から聞いたんだ」

了実が木鋏を使い、落とした枝を庭に捨てた。

「公平という男です。弥作の元のてき屋仲間です」

「そういうことか。てき屋と読売屋のいかがわしい者同士だな。あの破落戸《ごろつき》がうるさくつきまといおって、野良犬より性質《たち》が悪い。あの破落戸があんたらに、ゆすりたかりの話を持ちかけたわけだ。金になると言われたか」

「ゆすりたかりではありませんよ。弥作のいき先を知りたいだけです。了実さん、隠さなければならないあぶない仕事を、弥作に手伝わせたんですか。弥作はどこへいかされたんですか。戻ってくるんでしょうね」

「まったく、話にならん。公平はな、菊蔵のところへいって相手にされなかった。弥作は菊蔵のところから、勝手に姿を消した。それだけだ。それがどうした。素性の知れぬ者が吉原に流れてきて、忽然《こつぜん》といなくなる。それだけだ。それがどうした。そんなことは吉原じゃあ、珍しい話じゃない。だから、公平はわたしのところへきた。弥作という三下が姿を消したことに、金の臭いを嗅いだ。それを口実に、わたしをゆすってひと儲けをたくらんだ。言っとくが、お門違いだ」

「公平が菊蔵さんのところへいって相手にされなかったと、なぜ知っているんですか。菊蔵さんとは、道で会っても挨拶するぐらいの間柄ではなかったんですか。今の話では、弥作を知っていらっしゃるのではありませんか。人が悪いですよ、了実さん。何を隠していらっしゃるんですか」

「おまえらに何も隠すことなどない。帰れっ」

了実はふりかえり、怒声を天一郎に投げつけた。手が赤くなるほど、木鋏をにぎり締めていた。

濡れ縁の閉じた障子戸が一尺ほど開き、隙間に女房の顔が見えた。女房は隙間から眉をひそめた一瞥を天一郎に投げ、すぐに激しく閉じた。

「おまえらに、吉原の何がわかる。雑魚《ざこ》が。これ以上話すことはない。二人とも帰れっ。二度とくるな」

了実は結んだ唇を、怒りに震わせていた。

天一郎は、なぜそれほど怒っているのだと、訝しく思うほどだった。

「お聞かせいただけないようですね。仕方ありません。和助」

と、天一郎は和助に目配せをした。しかし、背を向けいきかけた足を止めた。了実へ半身になって、ふと、思いたったように訊いた。

「そうだ、最後にひとつだけ。去年の暮れ、忠太郎さんが山之宿の貸元の八十助親分の縄張りでもめ事を起こしたそうですね。忠太郎さんの命が狙われているだの、江戸から逃げるだのと噂が流れたもめ事です。忠太郎さんの一件は、始末がついたんですか。そう言えば、首代の菊蔵さんが、忠太郎さんと山之宿の八十助親分の仲裁に入ったとか、まだくすぶっているとか、噂を聞きました。了実さんと菊蔵さんがどれほどのお知り合いか、よく知りませんが」

「小僧、口は災いの元だぞ。ほどほどにしとけ。大人を舐めてかかると、おめえが今まで知らなかったような恐い目に合うぞ」

了実の言葉つきが変わり、低く太い声が投げつけられた。赤らんでいた顔が急に青ざめていった。激しい怒りに本性をむき出し、得体のしれない虚無が青い炎をあげているかのような不気味な顔色に変わった。

重たい沈黙が庭を覆った。

「肝に銘じておきます」

天一郎は言い残し、踵《きびす》をかえした。

「ひどく怒らせたようですよ。天一郎さんが忠太郎のことを出したら、それまでとは違う顔つきに変わったんで、ちょっとぞっとしました」

「千代助さんが、了実は上方から流れてきた素性のよくわからない男だと言っていたな。性根に得体の知れない濁りがあるとも」

「ええ、言ってました。あの男、ただの番頭ではなさそうですね」

ふむ、と天一郎は頷いた。

天一郎と和助は、山谷町の奥州道から吉原通りへ折れた。山谷田中の道を、日本堤に出て、衣紋坂を大門へとくだったのは、昼見世の始まる前で、江戸町二丁目の角に青物市がたっていた。

大門内左袖の面番所をすぎるとき、面番所から岡っ引きが駆け寄り、天一郎と和助を呼び止めた。

「おい、おめえら。よく見かけるじゃねえか。昨日も一昨日も、昼見世の始まる前だった。客じゃねえな。なんぞ仕事かい。仕事は。名前と住まいは」

岡っ引きが疑《うたぐ》り深げな様子で質した。

格子造りの面番所の中に黒羽織の同心がいて、天一郎と和助を見つめている。

「はい。わたしどもは読売屋でございます」

三十間堀から築地川へとった築地川沿いの……と、天一郎はこたえた。

「末成り屋？　聞いたことのねえ読売屋だな。どんな読売を出している」

「ごくあたり前の、読売屋でございます。ご不審ならば、南御番所定町廻り方の初瀬十五郎さまにお訊ねいただければ、末成り屋をご存じでございます。初瀬さまには、日ごろより何かとご指導を受けておりますので」

「南町の初瀬さまなら知ってるぜ。そうかい。初瀬さまがご存じの読売屋かい。じゃあ、読売種を探りにきたってわけだな。何を探ってる」

鬼婆あと言われている遣手のお稲の一件を話すと、「遣手の鬼婆あのお稲の話は、聞いたことがある」と岡っ引きは言った。

「ちょいと待ってろ」

面番所へ小走りに戻り、格子ごしに中の同心と遣りとりを交わした。

吉原の面番所では、南北町奉行所の隠密廻り方の同心とその手先の岡っ引きらが吉原に出入りする者らを見張っている。

岡っ引きが戻ってきて、拍子抜けした口調で言った。

「もういいぜ。いきな。鬼婆あの読売が出たら、読ませてもらうぜ」

「あの、お役人さま、つかぬことをおうかがいいたしますが、菊蔵親分さんは、どちらへお訪ねすればよろしいんでしょうか」

「菊蔵親分？　首代の菊蔵のことかい。おめえら菊蔵に何の用があるんだ」

と、岡っ引きはまた疑り深げな様子に戻った。

岡っ引きから、伏見町にある水茶屋《小桐屋》を教えられた。

首代は影の者だが、岡っ引きが菊蔵を知らないわけがなかった。

伏見町の狭い新道に、《小桐屋》と染め抜いた半暖簾がさがって、門口の枝垂《しだ》れ柳の枝が半暖簾にかかっていた。

横縞の着流しの男が、階段わきの廊下の突きあたりの出入り口にさげた暖簾を分け、首をかがめ板敷を軋ませて出てきた。

肩幅の広い大柄な男だった。男帯へ両手を差し入れた恰好で、板敷の框に怠《だる》そうに立ち、表土間の三和土の天一郎と和助を、一重の細い目で見おろした。

「なんで読売屋に、おれがそんな話をしなきゃあならねえ。おめえらみてえな読売屋のどぶを漁《あさ》る鼠が、吉原をうろちょろするんじゃねえ。ほかのお客に迷惑だし、目障りだ。いい加減にしねえと、鼠捕りを食わせるぜ」

「菊蔵さん、おっかないことを言わないでくださいよ。わたしだって吉原で遊んだことがあるんですから。吉原の客なんですから。西河岸の小見世ですけど」

天一郎に並んだ和助が、菊蔵の剣呑《けんのん》な応対をいなすように言った。

菊蔵の一重の目が、高い頬骨《ほおぼね》に隠れそうだった。骨張った長い顎がしゃくれ、だらしなく開けた唇の間から黄ばんだ歯がのぞいていた。

「ふん。客なら客らしくしろ。ここにも女はいるぜ。酒も呑める。たっぷりと楽しませてやるぜ」

黒襟の広袖と下馬《したうま》のくつろげた襟の間から、板塀のような胸が見えた。

「菊蔵さん、菊蔵さんの手下の弥作に会いたいだけなんです。弥作に郷里の両親や兄の伝言があるんです。弥作のいき先を訊けば、それで済みます。大した迷惑はかけませんよ」

「うるせえ。おれの手下だ。てめえらが嗅ぎ廻るなって言ってんだ」

「聞いたところによれば、弥作は姿を消したそうですね。菊蔵さんの手下だったのに、弥作はなぜ姿を消したんですか。何かがあって、逃げ出したんですか」

「聞いたところによればだと？　そうか。てめえら、先だって弥作のことを訊きにきた公平とかいうがきの仲間だな」

「お察しのとおり、公平とは知り合いです。公平から頼まれました。弥作を捜してほしいと。菊蔵さん、弥作は今、どこにいるんですか」

「姿を消したと聞いただと。馬鹿か、てめえ。姿を消した野郎がどこにいるかわかりゃあ、姿を消したとは言わねえだろう、とんちき。弥作はいねえ。なぜも何かもねえ。それで終わりだ。失《う》せろ」

「弥作はこの一月、吉原見物にきた郷里の知り合いに、菊蔵さんの下で重要な仕事を任せられていると言ったそうです。菊蔵さんの手下なのが自慢だったんですよ。それが姿を消したんです。わけがあったはずです」

「かあっ、しつこい野郎だぜ。弥作は去年の春、金もねえのに吉原の見世にあがりやがった。散々呑んで騒いで、女郎と戯れ居続け、いざ勘定となったら、案の定、金がねえときた。野州の田舎者じゃあ付馬《つけうま》もできねえ。始末屋が身ぐるみ剝いで山谷堀に沈めるところを、おれが助けてやった。野郎、涙を流して手下にしてくれと頼みやがった。郷里に帰る路銀もねえ、飯も食えねえ、何でも言うことを聞きますからと言いやがった。そこまで言うなら仕方がねえ。手下にしてやったのよ。ところが弥作の恩知らずが、ただ飯を食って寝て、毎日ぶらぶらした挙句《あげく》、十分楽をさせてもらいました。もうけっこうですと、ぬけぬけと姿をくらましやがった。世話になった礼の言葉のひとつもなくだ。それから先は知らねえ。それで全部だ。あとのことを知りたかったら、本人を捜し出して訊くしかねえぜ」

「それこそとんちきというものですよ。吉原の首代を請け負う菊蔵さんほどの人が、手下にそんな身勝手を許すはずがありません。もしかして……」

「もしかして、なんだ。許すはずがねえから、どうしたんだ」

そのとき、階段わきの内所の暖簾を分けて、着流しの男がふらりと出てきて天一郎へ険しい目つきを寄こした。廊下から二階へあがる階段の上にも、数人の男らの素足が見えた。

「天一郎さん、外にも人がいますね」

和助が小声で言った。表戸の外に人が近づく気配がしていた。

「ふむ。わかっている」

天一郎は廊下や階段の男らを見やった。

「かか……どうした、どぶ鼠。ここが地獄だとは、知らなかったかい。怖くなって口が利《き》けなくなったかい」

天一郎は、「いえ」と菊蔵へ笑みを投げた。

「ところで、この小桐屋さんは粋な茶屋ですね。わたしもこういう茶屋の亭主に納まって、気楽な暮らしをしてみたいものです。羨ましいですね。こちらは、菊蔵さんのお店で？」

「それが？」

菊蔵が気だるげに言った。

「首代の菊蔵さんが、吉原の伏見町にこんな粋な茶屋をかまえるには、きっと、吉原のどなたかの強い後ろ盾があったんでしょうね。例えば、江戸町一丁目の大見世八州屋の番頭を務める了実さんのような人の、強い後ろ盾が。了実さんと言えば、了実さんの倅の忠太郎さんが、山之宿を縄張りにする貸元の八十助さんともめ事を起こし、そのもめ事の仲裁に菊蔵さんが入られた噂を聞きました。噂では、仲裁の始末がどうついたか、詳しくわかりません。ただ、了実さんは恩に着ているでしょうね。菊蔵さんの後ろ盾になっていてよかったと」

菊蔵はしゃくれた顎を大きな手でさすり、ひと重の目を宙に泳がせた。

「弥作が郷里の者に自慢した、菊蔵さんに任せられている重要な仕事とは、本当は菊蔵さんの指図で了実さんの重要な仕事を手伝うことだったそうですね。それが一月。去年の暮れに忠太郎さんと貸元の八十助さんのもめ事が起こり、菊蔵さんの仲裁で始末がついたのがこの春なら、弥作の重要な仕事の時期と同じころです。弥作の手伝った仕事は、菊蔵さんの仲裁とかかわりがあるんじゃありませんか……菊蔵さん、弥作に何を指図して、何をやらせたんですか」

「てめえ、もしかして、と言っただろう。おれが弥作に何をやらせたと、何をやらせたから弥作は姿を消したと、思ってるんだ」

「わたしがどう思うかより、弥作が無事かどうかです」

菊蔵は口元を歪ませ、長い舌で唇を舐めた。

「弥作が無事じゃなかったら、それがどうかしたかい。無事じゃなかったら、そいつは許せねえ、無法だ、お裁きをと、お上に訴えるかい。読売種にするかい。じゃらじゃらと、どぶ鼠がほざきやがって。いいか、どぶ鼠。無法は承知のうえで、おれは吉原の首代を請け負っているんだ。首代はお上のお裁きなんて、知ったこっちゃねえんだ。おれはな、自分の命なんぞこれっぽっちも惜しんだことはねえ。いつだって差し出してやらあ。いつでも打ち首獄門になってやるぜ。首代の手下も同じだ。おれの手下になったからには、てめえの命はてめえのもんじゃねえ。全部おれが勝手気ままにする命だ。それを覚悟の手下だぜ。弥作も同じさ。弥作の命をおれがどうしようと、てめえらの知ったことか。公平のがきに言っとけ。生きていたきゃあ、さっさと吉原から消えろとな」

天一郎は菊蔵を見あげた。沈黙のあと、和助に言った。

「和助、帰るぞ」

「はい」

和助が表戸をあけた。

暖簾の下に、小桐屋の前にたむろしている数人の足が見えた。

「どぶ鼠。おめえらに忠告しといてやる。ここは徳川様御用達《ごようたし》の吉原だ。つまらねえ詮索をこれ以上続けて妙な事を読売種にしやがると、徳川様がお許しにならねえぜ。読売屋のひとつや二つぶっ潰すのは、簡単なんだ。おれはこれまで、数えきれねえくらい岡場所を潰してきた。おめえらも用心しな。気安く女郎なんておくんじゃねえぜ。それから、もうひとつ。公平はな、元はてき屋の章次という帳元の手下だった。何年か前、てき屋同士の縄張り争いで、三田上高輪村の帳元の為右衛門と倅の久太郎を殺し、お上に追われている身だと調べたらわかった。あのがき、とんだ食わせ者じゃねえか。気をつけな。あんな凶状持ちの仲間になっていたら、今にあの凶状持ちと一緒に小塚原に首をさらすことになるぜ」

天一郎と和助の背中へ、男らのけたたましい笑い声が浴びせかけられた。

新道に出たところで、沈んだ鼠色の着流しに懐手の、浪人風体の男が、ゆく手に佇んでいた。

白狐のような顔つきを、気だるげに天一郎と和助に向け、懐から長い手を出してだらりと垂らした。

月代がのび、着流しの襟元から赤い下着がのぞいていた。

浪人は、草履を地面にこすらせ、よろめき、ゆっくりと進んでくる。

着物の身頃《みごろ》が割れ、痩せた白い素足が見えた。と、落とし差しにした大刀の鞘をつかんで柄《つか》を前へ押し出し、抜刀の姿勢に入った。

「どぶ鼠、用は済んだか」

赤い唇を歪めた。顎の尖った細い顔だちに、ほとんどまばたきしない不気味な黒目がちな狐目が、空《くう》を泳いでいる。

天一郎と和助は、足を止めた。

新道の後ろも、数人の男らが天一郎と和助の逃げ道をふさいでいる。

暖簾を分けて、小桐屋から菊蔵と手下らが新道に出てきた。

「円地さん、どぶ鼠なんぞ、放っておきなさいよ」

菊蔵が浪人者に、戯れて声をかけた。

「いやだ。どぶ鼠は目障りだし、臭い」

円地が言いながら、鯉口《こいぐち》をきったのがわかった。

「読売屋、円地先生は手加減ができねえからな。気をつけろよ」

菊蔵が戯れ、男らの笑い声が起こった。

「和助、わたしの合図で左右に分かれて突っこむぞ。あいつはわたしに斬りかかってくる。その隙にわきをくぐり抜けろ」

「わかりました」

天一郎と和助はささやき合った。

円地は、狐目の瞼《まぶた》を震わせた。顔を不快そうにしかめ、ぞんざいに間をつめた。高《たか》が読売屋と見くびっている。

「そらっ」

と、天一郎と和助は浪人の左右へ走った。

すかさず円地は奇声を発し、抜刀と同時に右わきをすり抜けていく天一郎へ一撃をうなりをあげて浴びせかけた。

天一郎を真っ二つにしたかに見えた一撃は、しかし、俊敏な動きに遅れ、空へ流れた。

かえす刀がうなり、立ち位置を入れ替えていく天一郎の背中へ追い打ちをかける。

天一郎は羽織を払い、帯の結び目に差した小筒《ささえ》をつかんで抜いていた。

ふりかえりざま、円地の追い打ちを小筒で薙《な》ぎ払う。

小筒は、読売屋の仕事柄、因縁をつけられることがあるため、長めに誂《あつら》え、出かける折りは必ず帯の結び目に差していた。護身用だが、酒も入っている。

円地はすぐに上段へとった。

だが、思いがけず刀を払われ、束の間、訝った。

その一瞬の隙に、天一郎の小筒が円地の手首をしたたかに打った。

「わあっ」

と、男らの声があがった。

円地は一歩引き、上段を横八相《はっそう》へ落とすと、即座に横八相から斬りあげる。

素早く、天一郎は円地との間の外へ身を退《ひ》き、一刀は空を斬りあげた。

天一郎は易々《やすやす》と後退していき、円地と背後の菊蔵へ笑みを投げつけた。

和助はすでに天一郎の後ろに逃れている。

「和助、いくぞ」

「承知」

二人は身を翻し、新道を走り抜けた。

五

浅草寺随身門《ずいじんもん》から田町一丁目へ抜ける、俗に北谷《きただに》と呼ばれる北馬道の裏店に、友《とも》八《はち》という遊び人が住んでいた。

月代が薄《うす》らとのびた頭に豆絞りを頰かむりし、あるいは肩にかけ、黒襟の広袖、三尺帯の懐手に日和下駄の恰好で、北馬道、南馬道、花川戸から山之宿、金龍山《きんりゆうざん》、山谷堀南の新鳥越町一丁目、聖天町《しようでんちよう》、田町一帯の盛り場をほっつき歩き、酒亭や茶屋、小料理屋、賭場、河岸見世などに顔を出し、亭主や女や客に、「ちょいとこういう話が」と持ちかけ、ただ酒を吞み、ただ飯を食い、話によっては小遣いまでせびり、ときには使いっ走りなども引き受けて手間賃を稼ぎ、その日暮らしに足りていれば働きもせず、のらりくらりと日々を送っている男だった。

吉原では破落戸と呼ばれる素見《ひやかし》の仲間で、小見世の妓楼にさえ相手にされないけれど、見世の格子先で花魁や新造をひやかしつつ歩き廻る地廻りでもある。

天一郎と和助は、西河岸自身番の定番の本次郎から、友八のことを教えられた。

「友八がほかの地廻りと違うのは、妙に耳が敏《さと》く、物覚えがいいのです。世間に流れている噂話や評判はもとより、ささいな世間話や小耳に挟んだ他人の遣りとり、誰それの女房が誰それと不義を働いただの、どこそこの店がじつは借金で台所が火の車だの、あの娘は妾奉公が決まっただの、あの貸元がどうした、この親分がこうしたと、表沙汰とかその筋にかかわらず、友八の通じていない界隈の出来事はないんじゃないですか。あれで性根が与太でなく、読み書きができれば、きっと一廉《ひとかど》の人物になる器量なんですがね」

その友八の粗末な裏店は、北馬道の三社権現《さんじゃごんげん》わきにあった。

夏を思わせる汗ばむ陽気の昼さがり、天一郎と和助は友八の店の腰高障子を叩いた。友八は、中背の痩せた才槌《さいづち》頭の男だった。天一郎らが読売屋とわかって、小遣い稼ぎになると睨んだのか、寝起きの不機嫌な顔を見せず、だが素っ気なく、

「八十助親分の山之宿の縄張りには、ここら辺で一番大きな賭場がある。親分には

必ず挨拶するぜ。さあな。知ってることもあるけど、知らないこともあるだろうね。何もかもというわけにはいかないよ」

と、言葉を曖昧《あいまい》に濁した。

北馬道の往来に、《桜屋《さくら》》という蒲焼《かばやき》の店が幟《のぼり》を出し軒提灯を吊るしていた。

「友八さん、飯はまだでしょう。よかったら、鰻《うなぎ》を食いながら、友八さんとゆっくり話がしたいんですがね」

天一郎と和助は、友八を往来の桜屋に誘った。

桜屋の二階の出格子《でごうし》窓から、浅草寺境内が見わたせた。鐘楼《しょうろう》の向こうに、本堂や仁王《におう》門、首を廻らせば五重塔も見えた。天気がいいので参詣客が賑わい、昼さがりの空には白い雲がたなびいていた。

友八は冷酒をたて続けにあおり、鰻の蒲焼を、ふむふむ、と頬張った。

「浅草の蒲焼は尾久《おぐ》で獲れた鰻だ。尾久鰻はこってりと脂が乗って、脂の焼ける香ばしさとたれの具合がたまらねえんだ」

と、友八は上機嫌だった。

「それで、了実さんの倅の忠太郎と八十助親分の間のもめ事ってえのは、何があったんですか。友八さんの知ってるところを、聞かせてくれませんか」

「八十助親分とは長いつき合いさ。これでも、『友八、顔を出せ』と目をかけてもらっているんだぜ。ただ、八十助親分を怒らすと恐いんだ。うかつに物は言えねえ。ところで、もうひと皿、かまわねえかい」

「どんどんやってください。それと、これを……」

天一郎は懐から紙包みをとり出し、友八の胡坐《あぐら》のわきにおいた。

「おう、済まねえな。鰻を馳走になったうえに、こいつまでもらってよ」

と、友八は遠慮を見せず、慣れた仕種で紙包みを広袖に仕舞った。

天一郎は友八のぐい飲みに徳利を傾け、友八は喉を鳴らし、ひと息をついた。

「じつはな、この話は、いずれどっかの読売屋が勘ぐるとは思っていたんだ。勘ぐらねえわけがねえ。浅草界隈じゃあ、その筋の者なら大抵は耳にしている噂話だしよ。けど、一方の当人が八十助親分ときた。簡単には手が出せねえ。八十助親分の機嫌を損ねたら、浅草界隈の読売屋はどんな目に合わされるか、おっかなくてやってられねえだろう。もうふた月になるから、読売が出ていいころかもしれねえな。それにあんたら、築地の読売屋だしよ」

「偶然、聞いた噂です。了実さんは、吉原の八州屋のご主人ですら一目おく番頭です。その倅の忠太郎と山之宿の大親分の八十助さんのもめ事ですから、もめ事の始末があぁだこうだと、噂が流れるのは仕方がありませんよ」

「忠太郎はな、でき損ないの与太だ。傍《はた》で見てるおれですら、あぶねえ野郎だなとはらはらするぐらいだしよ。もう二十四、五か六になっているはずだ。分別を身につけていい年ごろなんだが、相変わらずがきのままだ。まあ、おれが人のことを言える柄じゃねえがな」

「山之宿の賭場で、忠太郎はだいぶ借金を拵えていたそうで」

「忠太郎はてめえの分《ぶん》というものが、わかっちゃいねえ。てめえの分がどれほどのもんか、頭を使ったことがねえ。何しろ、親父は吉原の大見世の番頭だ。金はいくらでもある。二進《にっち》も三進《さっち》もいかなくなったら、親父がなんとかしてくれる。忠太郎は一端《いっぱし》の博奕《ばくち》打ちを気どっていやがるが、所詮は親父の脛《すね》っかじりの与太なんて、そんなもんさ。親父も親父だ。なんだかんだ言いながら、忠太郎の尻ぬぐいをやってやる。すると、馬鹿息子は懲りねえときた。また同じことの繰りかえしで、借金を拵えるってわけさ」

「忠太郎と八十助親分のもめ事は、忠太郎が命を狙われているだの、江戸から逃げるだのと噂になっているようですが、全部、賭場の借金なんで？」

「賭場の借金だけなら、忠太郎の命を狙っちゃあ却って損だろう。与太の忠太郎をおだてて好きなだけ借金をさせてやり、払えなくなったら親父に出させりゃあいいんだしさ。さすがの了実も、倅のことでは困り果ててるって聞くぜ」

「さすがの了実とは、了実さんの素性を知ってるんですね」

「おれは知らねえ。けど、了実が八州屋の若い者に雇われたのは二十歳だ。八十助親分もそのころはまだ若い三下だったから、気安く言葉を交わしたことがあったんだ。了実は上方の男で、なんぞやらかして上方にいられなくなり、江戸へ逃げてきたらしい。何をやらかしたかは、本人が固く口をつぐんでいるのでわからねえし、了実が本名かどうかもわからねえが、ずいぶん無茶をやってきた臭いのする男だと、八十助親分は言っていた。ただ、了実には世渡りの勘所《かんどころ》を心得て気を利かす頭のよさがあった。吉原に流れてきてから、八州屋の若い者に雇われ、それが三十をひとつ二つすぎて八州屋の番頭に成りあがったのは、反りは合わねえにしても、大え《て》した男だと、八十助親分に聞いたことがある」

「十代のときに上方で何かをやって、吉原へ逃げてきた男が、誰にも素性を知られぬようにおのれを消して生きてきた。しかし、頭のよい男は、妓楼の若い者からいつしか番頭に成りあがり、女房と倅のいるありふれた暮らしを送り……」

「そんな男でも、てめえの馬鹿息子のことになると、目がくらむのかね」

友八は、引きつけたように笑い、ぐい飲みをあおった。

「では、もめ事の種は忠太郎の借金ではなかったわけで？」

「根っ子は借金に違いねえ。だが借金をかえすのかえせねえのだけじゃあ、命まではとらねえ。去年の暮れだった。忠太郎の借金の期限が迫っていた。賭場を仕きっている若い衆らが、そろそろ綺麗にしてもらわねえとやっかいなことになりますぜと、忠太郎に返済を迫った。八十助親分が気にしていらっしゃいます。親父さんに頼んだらいかがでやすか、と若い衆が気を利かせたつもりで言った。博奕の負けが続いて借金をかえすどころかさらに借金をしなきゃあならねえあり様だ。また親父に泣きつくのも気が引ける。と言って、てめえになんの手だてもねえ。そこへ親父さんに、と余計なひと言に頭に血がのぼった。忠太郎の気持ちを逆なでした。若い衆らと口喧嘩になった末、手が出た。若い衆らは与太でも賭場の客だから手加減していた。ところが、たまたま忠太郎に殴られて倒れたひとりが、打ちどころが悪く命を落としちまったのさ。若い衆らは忠太郎を縛りあげ、八十助親分に知らせた。ご禁制の賭場での喧嘩でお上に突き出すわけにはいかねえ。親父の了実に、落とし前をつけねえと忠太郎の命はねえと、突きつけた」

「その仲裁に、首代の菊蔵が入ったんですね」

「それも噂で聞いたのかい」

「了実さんは菊蔵とだいぶ親密らしく、これまでに何かと後ろ盾になっていると」

「菊蔵は、吉原に飼い殺しにされている命知らずだ。それが、吉原だけじゃなく、山谷や新鳥越あたりのその筋で幅を利かせ、同じ命知らずの物騒《ぶっそう》な子分を何人も抱える親分になった。それができたのは、了実の後ろ盾があったからさ。ほかにもあるぜ。菊蔵は、吉原の伏見町に小桐屋という水茶屋を情婦《いろ》にやらせていやがる。それも、吉原の惣名主への根廻しやら元手の都合を含め、了実が陰で面倒をみた。何しろ、大見世八州屋の勘定を一手ににぎっている番頭だ。裏金を作るぐらいわけはねえ。だから、八十助親分に言わせりゃあ、菊蔵は了実に間に立ってくれと頼まれりゃあ間に立つだけじゃねえ。恩義のある了実のために、命のひとつや二つ、差し出すのもいとわねえときた」

「それはどういう意味です？」

「だから、落とし前をつけるために、菊蔵が命を差し出したのよ。てめえの分身の可愛い子分の命をさ」

けらけら、と友八は甲高い声をあげて笑った。そして、酒でぬれた唇を手の甲でぬぐった。

「八十助親分は菊蔵に言った。てめえが男なら、金だけで済む話じゃねえことぐらいはわかるだろう。忠太郎の命を助けてえなら、それなりのものを差し出せ。返事は正月明けまで待ってやる。それまで忠太郎はこっちで預かる、ということになった。菊蔵は了実と相談し、年末から正月まであれではどうだこれではどうだとかけ合いを続けたが、八十助親分は駄目だと、なかなか承知しなかった。吉原でも忠太郎と八十助親分のもめ事が噂になり始めたのは、そのころだ。八十助親分も菊蔵が間に立ったことで意地になっていたんだな。で、正月が終わってから、忠太郎の借金と迷惑料を親父の了実が肩代わりし、さらに、八十助親分の子分の命ひとつと同等の菊蔵の子分の命ひとつを差し出す形で、間に立ったこっちの顔をたててくれねえかと、菊蔵がきり出した。これがぎりぎりのところだと」

「菊蔵の手下が、忠太郎の身代わりにされたんですか」

和助が、友八のぐい飲みに徳利を差しながら言った。

「八十助親分も、そろそろ潮どきと睨んだ。意地を張りすぎ、妙にこじらすのはかえって面倒だ。そこで、菊蔵の仲裁に応じたのさ。兄さん、この人の子分だろう。親分に死ねと言われたら死ねるかい」

友八は和助をからかい、ぐい飲みからこぼれそうな酒をすすった。

「身代わりにされた手下の名前は……」

天一郎は質した。

「名前は知らねえ。どうせ三下だよ。菊蔵だって首代だ。つまり吉原の飼い殺しだぜ。菊蔵の子分は菊蔵の飼い殺しってわけだ。所詮、やつらは菊蔵の言いなりで、菊蔵が死ねって言やあ死ぬのさ」

「弥作という名前を聞いていないか」

「弥作？　聞いたことねえな。こっちもその話はあぶねえから、八十助親分にも子分にも出さねえようにしているからよ。そうだな……」

友八は考える素ぶりを見せた。

「菊蔵がどんなふうに三下の命を差し出したか、見たわけじゃねえ。けど、仏は菊蔵らが山谷田中のどっかに埋めたんじゃねえか。そんなようなことを、聞いた覚えがあるぜ」

「山谷田中……」

「吉原通りから浄閑寺のほうへいく、五本松《ごほんまつ》のあるなんとかかんとかと聞いたな」

階下から蒲焼の新しい皿が運ばれてきた。二階の部屋に香ばしい匂いがたちこめた。途端に、友八は童子のような笑みを見せた。

「きたきた。女将さん、酒も頼むよ。ちょうどなくなったしよ」

空の徳利をふって浮かれた。

「今日はこちらのお客さんに、美味い蒲焼を食わせる店はないかと訊かれて、それならと、お連れしたんだぜ。北馬道じゃあ、桜屋さんが一番だ」

「はい。ありがとうございます。ただいまお酒を……」

蒲焼の皿をおいた女将が、いそいそと階下へおりていくより早く、友八は蒲焼にかぶりついていた。

六

たらふく呑み食いして、大の字になって鼾《いびき》をかき始めた友八を残し、蒲焼の桜屋を出たのは夕方の気配がきざし始めたころだった。

天一郎と和助は、北馬道より日本堤に出ていた。

土手道の両側に、吉原通いの嫖客目あての掛小屋がつらなっていた。西にかかる日が、葦簀《よしず》をたて廻した掛小屋の色あせた影を土手道に落としている。

吉原の昼見世が終わり、日本堤をいき交う嫖客の姿は少なかった。

「あいつ、ずいぶん呑み食いしましたね。とんだ散財じゃないですか」

和助が苦々しげに言った。

「しょうがない。そういうこともあるよ。友八の話を公平に伝えてやらないといけない。ちょっと気が重い」

天一郎は物憂く言った。

「公平は、がっかりするでしょうね。仕方がありませんね。ひどい話ですね、まったく。他人の命を、附木《つけぎ》ほどの値打ちにしか思っていないんですね。弥作という男が哀れでなりません」

「だが、今の話を読売にしても評判はとれないだろう。よくある話だ、珍しいことじゃないと、みな思うだろうからな」

「よくある話か。そうですね。もっとひどい話は、いくらでもありますからね」

二人は、衣紋坂あたりまで並んだ掛小屋のひとつの、たてかけた葦簀《よしず》の間から顔をのぞかせた。

板葺屋根の狭い小屋に、番傘、紅葉傘、蛇の目傘などが筵《むしろ》茣蓙の上にぎっしりと並べられ、小屋の後ろ側に日和下駄や様々な下駄が堆《うずたか》く積んであった。

傘と下駄の山に囲まれて、尻端折《しりっぱしょ》りに股引の若い男が踏み台を腰掛がわりに坐っていて、天一郎と和助にぼんやりとした会釈を寄こした。

「へい、旦那。傘ですか、下駄ですか」

「末吉さんか」

「へい？」

男は天一郎と和助を交互に見て、目尻を気弱そうにさげた。

「公平の知り合いの天一郎と和助というもんだ」

天一郎は並べた傘や下駄の山をちらと見て、末吉に言った。

「公平はいないかい」

「います。今、ちょいと用を頼んで、そろそろ戻ってきやす」

末吉が踏み台の腰掛から素早く腰をあげ、土手道に出た。衣紋坂のほうを見やって、目の上に手をかざして西日を防いだ。

「あ、戻ってきやした。おおい、公平、お客さんだよ」

と、一方の手をふった。

公平が天一郎と和助に気づき、土手道を軽快に駆けてくるのが見えた。

「天一郎さん、昨日はどうも。こっちは、和助さんだね。二人で一緒にきてくれたのかい」

公平はたちまち走り寄り、若い息をはずませた。

「やあ。一度会ったきりだが、覚えていてくれたかい」

和助が言った。

「覚えてるよ。築地川の末成り屋さんの土蔵の前は、通ったことがあるし。末吉、おめえに話した天一郎さんと和助さんだ。末成り屋という読売屋さんだ」

「末吉でやす。公平とは、章次親分の子分のときからの仲間でやす。天一郎さんと末成り屋のみなさんのことは、公平から聞いておりやす。あっしは章次親分がお縄になる前から、こっちに移っていたんでやす。よろしくお見知りおきを、お願えいたしやす」

末吉は公平と同じ年ごろの、痩せた気のよさそうな男だった。

「公平に、昨日頼まれてわかったことを伝えにきた」

天一郎が言うと、公平は愛嬌のある笑みをはじけさせた。

「もうわかったのかい。早えな。おれはひと月かかってわからなかったのに、さすがだな」

「じゃあ、弥作さんの行方がわかったのかい」

末吉が公平から天一郎へ、目を向けた。

四半刻後《しはんとき》、天一郎と和助は日本堤の土手の草むらに腰をおろし、公平は山谷堀の水辺にかがんで、組んだ両腕を膝頭にのせて物思いに沈んでいた。

かがんだ公平の背中が、路傍の石仏のように動かなかった。

西の空が赤く燃え、あたりで水鳥が騒いでいた。

「公平、たぶん間違いないと思う。弥作さんは可哀想だが、これ以上探っても、こたえは同じだろう」

天一郎は、公平の背中に声をかけた。

「くそ、ひでえことをしやがる」

公平はかがんだまま言った。

「だが、証拠《あかし》はないんだ。どうしようもない……もっとじっくりと調べて、なるべく早く読売種にするつもりだ」

「天一郎さん、それじゃあ、弥作さんは浮かばれねえ。何も悪いことをしてねえのに、なんでそんな目に合わされなきゃならねえんだ。どうしようもないじゃあ済まされねえよ。そうだろう、和助さん」

天一郎はすぐにはこたえられず、和助も黙っていた。

夕焼け色に染まった山谷堀の流れを、しばし眺めていた。

「そんなに人を踏みつけにして、許されねえよ」

公平の背中が声を絞り出し、いっそううずくまった。

「我慢できないことはいっぱいあるが、我慢するしかないこともいっぱいある。公平、弥作さんの両親と兄さんを訪ねて、弥作さんに何があったか、話してやれ。つらいだろうが、それが両親と兄さんのために公平のできることだ」

「できることは、ほかにもあるよ、天一郎さん」

水辺から公平が立ちあがり、天一郎と和助へふりかえった。

公平は天一郎を見つめ、言葉を探していた。公平の気持ちが、ひりひりとするほどに伝わってきた。だが、それには賛成できないと、天一郎は思っていた。

「できることはある。ただ、やっては駄目だ」

と、思わず言った。

「なぜだい。おれはこのままじゃあ我慢できないよ」

「何をするつもりだ」

和助が訊いた。

「まず、まず……」

公平は考えながら、目を宙に彷徨《さまよ》わせた。

「弥作さんを、ちゃんと葬ってやらなきゃあならねえ。このままにしておけねえ。ちゃんと弔って、成仏できるよう、坊さんに経を読んでもらうんだ。どこに埋められたかもわからねえなんて、弥作さんが可哀想すぎるよ」

天一郎と和助は、沈黙した。

「それから、菊蔵に会う。菊蔵に会って、弥作さんに何をしたのか確かめ、それが間違いねえなら、男らしく落とし前をつけさせる」

「落とし前？　何をするんだ」

「わからねえ。男として、けじめをつけさせるのさ」

ふむむ、と和助がうなった。

「弥作さんの仇《かたき》を、討つつもりか」

天一郎は言った。

「それは、菊蔵の出方次第だ。菊蔵が本心から悔いて、せめて、弥作さんの両親や兄さんに詫《わ》びるなら……おれは、このままにはできねえ」

「菊蔵は、南町奉行所の知り合いの町方に事情を話し、お縄にしてもらう。読売種にもする。八州屋の了実も、倅の忠太郎もこのままにはしておかない。だが、その前に、公平は江戸を去れ。これ以上、長居をするのはよくない。首代の菊蔵は油断がならない。公平のことを調べあげ、去年、公平が町方に囲まれ、江戸から逃げた事情を知っている。菊蔵は今だけの男だ。人の命を塵や芥のごとくにしか考えていない。自分の命すら、惜しまない化け物みたいな男だ。これ以上、菊蔵みたいな男にかかわるな。江戸を出ろ」

「天一郎さん、おれは菊蔵になんか負けねえ。弥作さんの恨みを晴らさなきゃあ、江戸を離れるわけにはいかねえよ」

「公平、菊蔵がおまえをお上に訴え出ないのは、弥作を身代わりに死なせたことが明るみになって藪蛇になるからだ。菊蔵にかまうより、お英さんやお牧の身を考えろ。たとえ公平が菊蔵を倒して弥作さんの仇を討ったとしても、そのために町方に捕らえられたら、お英さんやお牧はどうなる。ただじゃ済まない事態になるかもしれないんだぞ。何が一番大事か、そこを考えろ」

「そうだ。お英さんとお牧ちゃんの身を真っ先に考えるのが肝心だ。公平、諦めて江戸を出ろ。菊蔵のことは、わたしらに任せてくれ」

天一郎に続いて、和助が言った。

「公平、いいな。お英さんにもお牧にも会わずに、できるだけ早く江戸を出たほうがいい。お英さんとお牧にはわたしのほうから、公平に会って元気にやっていたと伝えておく」

公平はまた背を向け、山谷堀の水辺にかがみこんだ。すくめた両肩の間に首を埋め、石仏のように動かなくなった。

公平の背中に降っていた夕日が、いつの間にか陰っていた。水鳥が鳴き騒ぎ、やがて、ひやりとするほどの川縁の涼気が公平をくるんだ。

天一郎と和助が、築地川に架かる萬年橋の西袂まで戻ったとき、日はとっぷりと暮れていた。

萬年橋の袂を南に折れ、築地川沿いに土手道を半丁近くいったところに、土蔵の影が夜空の下にうずくまっている。それが読売屋《末成り屋》の土蔵である。壁の漆喰《しっくい》の剝げた古い総二階の建物である。

戸前の石段の上に分厚い樫《かし》の引き戸があって、引き戸の金網に覆われた明かりとりの小窓から、薄《うっす》らと明かりがもれていた。

絵師の修斎と彫師の三流の仕事場である土蔵二階の窓は、開き戸の覆いがすでに閉じられ、二人の仕事はもう終わっているようである。

「一階に、まだ人が残っているようですね。修斎さんと三流さんですかね」

和助が、戸前に薄明かりのもれる窓に気づいて言った。

「修斎と三流がまだいるなら、《沢風《さわかぜ》》の鋤焼《すきやき》を食いながら一杯やるか。呑みたい気分だしな」

「いいですね。やりましょう。昼間の鰻の蒲焼は、友八がほとんどひとりで平らげましたもんね。わたしは勘定が心配で、ほんのちょっと食っただけです。呑み足りませんし、食い足りません」

おれもだよ、と二人で笑い声をそろえ、戸前の石段をのぼったとき、引き戸の明かりとりから男たちの笑い声が賑やかに聞こえた。

木戸を重たげな音を響かせて引くと、修斎と三流に、村井家用人の竹中慎右衛門《たけなかしんえもん》が、一升徳利を囲んで車座になっていた。

酒で赤らんだ三人の笑い顔が行灯に照らされ、天一郎と和助に向けられた。

三人の膝の前や手に茶碗が見え、修斎と三流は仕事着の着流しで、竹中は茶の羽織に袴姿で、鼻眼鏡をかけている。

「お帰り」

修斎と三流が言った。

「これは天一郎さま、お戻りなさいませ。お待ちいたしておりました」

竹中が土間に入った天一郎に膝を向け、浅黒い破顔《はがん》を垂れた。

土蔵は表戸の中が広い前土間になっていて、式台《しきだい》ほどの高さの板敷が土間続きに広がっている。

板敷をあがった正面に二階へあがる幅広の階段があって、階段裏から一階の北半分は、買いおきの読売用の半紙や売れ残りの読売の山で埋まっている。

階段の南側の壁際に和助と天一郎の机が並び、衝立《ついたて》に囲われた奥の一画を、天一郎は寝所に使っている。

寝所の奥に勝手の土間があり、竈と流し場、勝手口の板戸がある。

三人は、二つ並んだ机と寝所のそばで車座になっていた。

天一郎と和助は板敷にあがり、三人の車座に加わった。

「竹中さん、父上から連絡でしょうか」

竹中に一礼し、天一郎は訊ねた。

「さようです。旦那さまより、これを天一郎さまにおわたしするようにと、お預かりいたしてまいりました」

竹中は懐より折り封の書状をとり出し、天一郎の前へすべらせた。

天一郎は書状をとって、折り封を開いた。

「旦那さまには、必ず天一郎さまにじかにおわたしするようにと、申しつかってお りました。天一郎さまがお留守でしたので、お戻りになるまで待たせていただきま すと申しましたところ、こちらの修斎どのと三流どのに、それならば茶ではなんだ から酒でもと仰っていただき、本日のそれがしの役目は、天一郎さまにこの書状を おわたしすれば終わりますゆえ、お断りするのもいかがなものかと思い、馳走にな っておりました。修斎どのと三流どのの読売作りの話が面白くて、ついときを忘れ て聞き入り、酒をすごしてしまいました。面目ない」

と言いながら、竹中は鼻眼鏡を指先であげ、甲高い声で笑い飛ばした。

「それはけっこうでした。すでにご存じの修斎と三流に、この男は唄や和助、元の名は蕪城和助です。この三人が、わが末成り屋の仲間です。お見知りおきを願います。みな、実家の村井家の用人役を務めてこられた竹中慎右衛門さんだ。竹中さんは、わたしより村井家は長いのだ」

「よろしくお願いいたします」

三人がそろって竹中に言った。

「いやはや、こちらこそ。みなさん、若くて目つきが違う。ここはぼろ屋ですが、熱気にあふれております。面白そうですな」

ぼろ屋などと、竹中ははばかりもせず言い、喉を鳴らして茶碗酒をあおった。三流が徳利を傾けるのを、遠慮を見せずに楽しそうに受けた。

「ところで竹中さん、これは丹波青坂《たんばあおさか》家の年寄《としより》・峰岸啓九郎《みねぎしけいくろう》さまをお訪ねするための添状ですね。昨日、父上にお願いした件で、青坂家の峰岸さまをお訪ねすればいいのですね」

「さようでございます。旦那さまは今朝より、いろいろと古い書状などをお調べになり、じつはそれがしも手伝わされました。で、これだこれだと見つけられた書状が、峰岸さまの礼状でございました。もう数十年前になりますか、幕閣《ばっかく》に顔のお広い旦那さまが、青坂家のために幕閣のどなたかへ少々口添えをなさったことがあったらしく、その折りの峰岸さまよりの礼状でございます。旦那さまはこの添状を認《したた》められ、天一郎さまに添状を持って青坂家へいき、お訊ねの件は峰岸啓九郎どのに会うとよい、と伝えるように仰せでございました」

「ありがとうございます。明日早速、峰岸さまをお訪ねいたします」

「天一郎、昨日言っていたお稲さんの里子の件か」

修斎が質した。

「父上なら顔が広い。何か思いあたる節《ふし》があるのではないかと推量したのだが、丹波青坂家なら譜代《ふだい》の家柄だな」

「お稲さんの産んだ子が、丹波青坂家ご家中のどなたかの子かも知れぬのか」

三流がそう言うと、和助が、ほう、という顔つきになった。

「あいや、旦那さまは天一郎さまにこうもお伝えせよと仰られました。もうおよそ四十年以上も前の覚えゆえ、定かな事は忘れておる。考え違いということもなきにしもあらずである。天一郎さまのお訊ねの件で思いつくのはそれだけなので、そのときは諦めるように、とのことでございました」

「いたし方ありません。竹中さん、礼を申します。それより、ここで呑むのはそれぐらいにして、今宵はちょいとつき合いませんか」

「お、どちらへ？」

「みな、沢風で竹中さんをご接待申しあげよう」

「ふむ。よかろう。竹中さん、沢風という店はこってり脂の乗った甘辛い鋤焼を食わせるのです。冷酒が真冬でも合うのです。これからの季節は、いっそう酒が美味く呑めますぞ」

修斎が言った。

「鋤焼というのは、もしかしたら、薬食いですな」

「薬も食いすぎると、腹が重くなりますがね」

「はは、かまいませんとも。それがし、一度、具合が悪くなるほど薬食いをしてみたかったのです。何しろ、村井家は千五百石の大身《たいしん》の旗本ですが、一日の膳に出る腹に応える物と申せば、せいぜいが炙《あぶ》った魚の干物ですからな。たらふく飯を食っても何か物足りないのです。そうですよね、天一郎さま」

「はい、物足りません」

と、天一郎はこたえた。

第三章　謀略

一

天一郎の里方《さとかた》になる村井家は、旗本千五百石の小普請組、すなわち非役である。父上、と天一郎が呼ぶ村井五十左衛門《いそざえもん》は、年が明けて六十九歳。この春まで小普請金免除の老年小普請だったのが、ようやく倅の鹿太郎《しかたろう》に家督《かとく》を譲り、天一郎が七つのときに生まれた弟の鹿太郎は、晴れて小普請役に就き、小普請金を割りあてられる身になった。

といっても、小普請役は非役であるから、仕事は殆ど何もない。

村井家の当主となった鹿太郎は、これまでそうだったように、何もせず、道楽三昧《ざんまい》の日々を送っているだけである。

村井家は小普請でも三河《みかわ》よりの家禄千五百石の大身の旗本であり、小禄の御家人の内職に明け暮れる小普請と違って、暮らしに困ることはなかった。

今は隠居となった村井五十左衛門は、天一郎の実の父親ではない。

天一郎の実の父親は、御先手組旗本の水月閑蔵である。

父親の水月閑蔵が亡くなって、後家の身の三十歳の母親孝江《たかえ》が、幼い天一郎を連れて裏番町の富士見坂をのぼり、当時、すでに四十一歳だった村井五十左衛門の後妻に入ったのは、天一郎が数え年四歳のときだった。

すなわち、五十左衛門は天一郎の継父である。

天一郎が七歳になって、弟の鹿太郎が生まれた。そのとき、母親の孝江に、

「あなたには継ぐ家と身分はありません。養子にいける望みも万にひとつもないでしょう。このまま村井家の部屋住みとして生きるか、村井家を捨てて生きるか、自分で身を処する算段をしなければなりませんよ」

と、村井家は弟の鹿太郎が継ぐのだと教えられた。

七歳の天一郎には、母親の言葉はつれなく、悲しくみじめに感じられた。

一方で天一郎の性根に、人の世とはそういうものかという考えが芽生えたのもそのころだった。それが後年、天一郎が村井家を出て、侍を捨て、読売屋となって修

斎や三流らとともに末成り屋を始めるきっかけになった、と言えなくはない。

村井五十左衛門は、三河よりの古い家柄ということもあって、村井家の家督を継いだ二十代のころより公儀の高官に知己《ちき》が多く、顔が広かった。

自らは小普請役に甘んじながら、その多い知己、広い顔を生かし、少しでも良い役を求める小身の武家のために口を利いてやった。

口を利くときは、当然のごとく謝礼を受けとった。

村井五十左衛門は吝嗇《りんしょく》な男、と小普請役の間では評判はよくなかった。

色が浅黒く小太りで、小股で忙《せわ》しなげに歩く風貌に侍らしさは見えず、見栄《みば》えのよい男でもなかった。

ただ、五十左衛門の知己の多さ、顔の広さは、公儀高官のみならず、幕閣、あるいは諸大名家の重役にもおよんでいた。知り合いを通じて新たに知り合いを広げていき、妙に機転を利かす如才なさが五十左衛門にはあった。

読売屋を始めてから、それが天一郎の仕事に役だった。

天一郎は継父の五十左衛門より、武家の間の噂や評判、誰それへの口添え、口利きなどを、読売種を見つける手だてに様々に利用してきた。

そのたびに、五十左衛門には謝礼を払った。

継父と倅の間柄ながら、二人は持ちつ持たれつの間柄でもあった。

お稲の里子の事情を、角町の男芸者千代助と、箕輪浄閑寺の若い住職より聞かされ、天一郎の脳裡に、ふと、まさかと思うある事が閃いた。

閃きに促され、天一郎はある推量をたてた。

すると、千代助と住職の語ったつながりのない別々の話が、ひと筋の、吉原の裏町育ちの女の半生を、ひっそりと浮きあがらせ始めた。

所詮は推量にすぎなかったし、芝居じゃあるまいし、と訝った。

だが、訝りつつも、読売屋の好奇心が腹の底で疼《うず》いた。

一昨夜、天一郎は村井家を訪ね、五十左衛門に頼み事をした。

こういう話には普段の五十左衛門なら、埒《らち》もない、と冷笑をかえすところが、一昨夜は冷笑をかえさなかった。

と言って勿体《もったい》もつけず、珍しく真顔で天一郎の話に聞き入った。

「頼みはわかった。調べてみよう。遠い昔の話だが、心あたりがまったくないわけではない。そうだ、あの男、名をなんと言ったか。もう六十歳をすぎているはずだが、長らく殿さまのお側役《そばやく》に就いていていて、今はお側役を退き、年寄として上屋敷に暮らしていると聞いている。最後に挨拶を交わしたのは、確か、宝暦か明和の初めだったと思うが……」

五十左衛門は眉間に指先をあて、真剣な面持ちで考えていた。天一郎が差し出した紙包みのいつもの礼金に、目もくれなかった。

丹波青坂家の上屋敷は、京橋の大通りを北へとり、日本橋を渡り、日本橋北の大通りを神田広小路までいき、筋違見附《すじかいみつけ》の内、八ツ小路の三河町《みかわちよう》筋に、五万二千石の両番所を備えた長屋門をかまえていた。

表長屋門のわき門をくぐり、門内から本家のある内門をくぐったところにある玄関まで敷石が続き、内門の前庭には玉砂利が敷きつめられている。

玄関式台の大庇《おおびさし》の下で少々待たされたが、それでもいきなりここまで通されたのは、五十左衛門の添状があったからである。

鈍茶《にびちゃ》の羽織の下に紺地の吹き寄せの小紋を抜いた袷《あわせ》を着流し、独鈷《とつこ》の博多帯を締めた読売屋風情では、表門で追い払われていただろう。

ほどなく、継裃《つぎがみしも》の若い家士が玄関の間に据えた衝立《ついたて》の陰より現れ、端座した。

「末成り屋の天一郎どの、年寄役、峰岸啓九郎さまが、お会いになられます。どうぞ、おあがりください」

天一郎は、玄関の間から黒光りのする板廊下を案内された。

通された部屋は、枯山水《かれさんすい》の中庭に面した大広間の回廊をすぎた奥の十畳の書院だった。明障子《あかりしょうじ》が開け放たれ、手入れのいき届いた庭に大きな梅の木が見えた。小さな石灯籠が、草に覆われた築山《つきやま》の上にたっていた。

小鳥が、ちっちっ、と庭のどこかで鳴いている。

茶が出され、やがて書院に現れた年寄役・峰岸啓九郎は、綺麗な白髪の髷を結った、未だ威厳を失わぬ老侍だった。薄鼠の着物に質実な紺裃を着け、脇差と尺扇《しゃくせん》を帯びた扮装が、肩幅のある大柄な体軀《たいく》に似合っていた。

五十左衛門の添状を手にし、裃の袴を払って天一郎と対座した。天一郎は峰岸へ手をついた。峰岸は添状を脇におき、

「峰岸啓九郎でござる。どうぞ、手をあげてくだされ」

と、少々嗄《か》れた低い声で言った。

「末成り屋の天一郎でございます」

天一郎は改めて名乗り、手をあげた。

峰岸は白髪まじりの濃い眉の下の目に穏やかさを浮かべつつ、威厳を失わぬ老侍の風貌を天一郎に静かに向けていた。

「こちらの添状の村井五十左衛門さまは、およそ四十年前より、わが青坂家にお力

添えをいただいてまいったお旗本です。三河よりの旧家とうかがっております。わたしは殿さまの側衆《そばしゅう》を長年務め、国元と江戸をゆき交っておりましたゆえ、江戸にて村井さまとお会いいたす機会はあまりござらなかったが、先年、先代の殿さまの葬儀にお見えになられた折り、久しぶりにご挨拶申しあげた」

峰岸は、厳しい顔だちを少しもゆるめずに言った。

「末成り屋の天一郎どのは、読売屋を生業《なりわい》にしておられるのですな。村井さまが天一郎どのと、どのようなご縁なのか、まことに差し出がましいのだが、お聞かせ願えれば、ありがたい」

天一郎は肯いた。そして、

「徳川旧家の旗本と、巷間にいかがわしき不逞《ふてい》の輩と言われる読売屋が、いかなる所縁《ゆかり》があってと、ご不審に思われるのはごもっともです。わたしの父は、水月閑蔵という御先手組の旗本でございました。閑蔵は、わたしが生まれて半年ほどのち、ある災難によって落命いたし……」

と語り始めると、峰岸は大柄な体軀を微動だにさせず聞き入った。

朝から曇りがちで、昨日の夏を思わせる陽気と打って変わって、少し肌寒く感じられる午後だった。

淡々と語る天一郎の言葉に、庭の小鳥のさえずりがからんでいた。

やがて沈黙が訪れ、あたりは小鳥の声だけになったとき、峰岸の低い声が、沈黙を破った。

「さようか。それで村井家を出られ、読売屋を始められたのですか。すると、本日はわが青坂家の何か、あるいは家中の誰かの事情を読売種にいたすため、村井さまの添状を持って何かの事情を訊ねに見えられた、というのでござるな」

峰岸は、それから言葉を選ぶかのように目を伏せた。

「だとすれば、青坂家にとっても当人にとっても、迷惑なお訊ねゆえ、お答えいたしかねる、とお引きとりいただくところでござる。とはいえ、村井さまのお口添えを疎《おろそ》かにはできません。ただし、わたしの一存では、お答えできることとできぬことがあって、それはご承知いただく。よろしゅうござるな」

「承知いたしております。峰岸さまのご一存にお任せいたします」

「ふむ。では、どうぞ……」

そう言って、茶をゆっくりと一服した。

「峰岸さま、これからお訊ねいたします事柄は、峰岸さまにご不快の念を抱かせるかもしれません。しかしながらそれは、いかがわしき読売屋の狙いでも、わが本意でもございません。今は老いたある女の身に、かつて、ひとつの出来事がございました。わが本意は、その出来事にまつわる目には見えない事情、表沙汰にはなっていない事の次第を詳《つまび》らかにすることによって、でき得るならば、今は老いたある女に、哀れみと慈悲を乞いたいのでございます」

「ある老いた女に、哀れみと慈悲を乞いたいと？　それはわが青坂家の、わが家中のどなたかの哀れみと慈悲、でござるか。それとも、わたしの哀れみと慈悲なのでござるか。だいたい、その老いた女とは、わが青坂家の誰とどういうかかわりの者でござるか」

「青坂家のどなたかは、わかっておりません。村井五十左衛門どのにこの話をいたしましたところ、もしかしてと心あたりがあったらしく、遠い昔、峰岸さまよりいただいたという書状を探し出し、そのうえで、青坂家の峰岸さまにお会いいたし訊ねるがよいと、添状を渡されたのでございます。ですが、峰岸さまの書状は見ておりません。また、村井五十左衛門どのの心あたりがどのような事柄か、うかがってもおりません。村井五十左衛門どのの考えは、ただ、峰岸さまにお訊ねいたし、お答えいただけるかどうかは、峰岸さまにお任せせよ、という意図かと思われます。それと今ひとつ……」

天一郎は言い添えた。

「その心あたりは、すでに四十年ほども以前の事についてであって、覚え違いや勘違いがあるかもしれぬゆえ、そのときは諦めよ、とも言われております。もしかして、わたしのお訊ねいたします事柄が、青坂家のどなたさまにもかかわりがなかった場合は、何とぞお許しを願います」

「まぎらわしい言い方をなさる。天一郎どのは、お訊ねの事情を読売になさる狙いで見えられたのであろう。違うのでござるか」

「じつは、読売種にするかしないか、するとしてもどのような読売にするか、決めておりません。いかにも、その老いた女の事柄を、初めは読売種にするつもりでございました。しかし、今は峰岸さまのお答えをうかがったのち、どうするかを決めたいと思っております」

「わたしの答えを聞いてからとは、妙なことを言われる。読売にするのでもせぬのでもなく、わが青坂家にかかわりがあるのかないのかも定かではなく、ただ、見知らぬ老いた女に哀れみと慈悲を乞うなどと、わけのわからぬ、ずいぶんとこみ入ったお訊ねのようでござるな」

「いえ。決して、わけのわからぬこみ入った事情を、お訊ねするのではございません。わたしが何を問おうとしているのか、何ゆえ哀れみと慈悲なのか、お聞きいただければ、それはすぐにご理解いただけます。今も申しましたように、わたしは、未だその老いた女の身に、かつて何があったのか、その事情、顚末《てんまつ》を正しくつかんでおりません。なぜなら、女自身がそれを誰にも語らぬからでございます。おそらく、女はそれをいっさい誰にも語らぬまま、一生を閉じる覚悟をしているかに思われるのです。よって、わたしがお訊ねいたす事は、わたしの推量に基づいた事の次第もございますが、願わくは、峰岸さまがそこに実事《じつじ》を見出されたならば、その実事から目を逸らさないでいただきたいのでございます」

峰岸は、やれやれ、というかのように、わずかに眉をひそめた。

二

「女の名は、お稲と申します。歳はこの春五十九歳。吉原の揚屋町の裏店にて、妓楼の内芸者を生業にする母親の女手ひとつで育てられ、お稲も娘となったのちは芸者務めをする定めでございました」

天一郎は話し始め、皺の多い老いた手を膝にのせた峰岸は、威厳を失わぬ風貌を天一郎へ向けた。

「お稲は十歳をすぎたころより、母親に従って芸者見習を始め、十六か七のときに母親を流行病《はやりやまい》で亡くすという不幸に見舞われましたが、そののちは、一本だちとなって、母親と同じく妓楼の内芸者務めをいたし、母親と暮らした揚屋町の裏店にそのままひとりで住み続けておりました。芸者務めで身はたっていても、まだ二十歳にならぬ娘でございます。若い娘のひとり暮らしは何かと肩身が狭く、周囲が気にかけ、幾つか縁談もあったようですし、人並み以上の器量でもありました。にもかかわらず、そういう廻り合わせなのか、お稲に亭主や契りを交わした相手はいなかったようでございます」

天一郎の脳裡に、享楽《きょうらく》に浮かれる華やかな吉原の裏路地にひっそりと咲く、名もなき一輪の花が浮かんでいた。

「お稲が十九の春でございました。吉原仲ノ町に桜並木が植えられ、満開に咲いた花が散り始めたある春の夕刻、仲ノ町にて侍同士の喧嘩騒ぎ、斬り合いがございました。短い花の命に追い打ちをかけるような雨が降る夕刻でございました。どこかのご家中のもめ事か、ゆきずりの侍同士の諍《いさか》いか、何しろ四十年前のことゆえ、もはや詳しく知る者はおりません。ですが、斬り合いは相当の乱戦だったらしく、そぼ降る雨と散り急ぐ桜の木の下に、怪我人や亡骸が幾つも転がっていたと聞いております。喧嘩騒ぎは、ほどなくどこかのご家中の方々が大勢駆けつけ、けが人や亡骸を引きとって収まり、吉原はまた賑わいをとり戻したのでございます」

峰岸の吐息が、そのときかすかに聞こえた。

庭の小鳥のさえずりが止み、ひやりとしたかすかな風が書院に流れてきた。

「喧嘩騒ぎの話を申しましたのは、わたしにその話を聞かせてくれた吉原の元末社が、喧嘩騒ぎのあったあとだったと覚えていたからでございます。すなわち、喧嘩騒ぎがあって数日がたったころ、ひとり暮らしのお稲の店に若い男がいると、近所の住人の間に知られるようになったのでございます。男は、一日中店に閉じこもって外に出ることはなく、外に出るときも暗くなってからだったため、気配はあったようなのですが、気づくのが遅れたとか。むろん、隠してはおけず、お稲によりますと、男は遠い縁者で事情があって世話をしている、と近所の者や家主には言っておりました。亡くなった母親とお稲の二人だけの身寄りのない暮らしと聞いていたのに、遠い縁者とはどこの者だ、本当に縁者かと訝る声もありながら、とも角も、およそひと月ばかり、男はお稲の店に世話になり、ひと月ほどがたったころ、いつの間にかお稲の店より姿を消しておりました。お稲は、また元のひとり暮らしに戻っていたのでございます」

天一郎は冷めた茶を含み、束の間をおいた。

「今となっては、男がどこの誰で、名はなんと言うのか、知る者はおりません。お稲の住んでいた揚屋町の裏店はすでになくなり、往時の家主も住人もおりません。ただ、男はどうやら侍らしく、しかも身体の具合が悪かったため、それでお稲が面倒を見ていたとか、暗くなってこっそり雪隠に出てきた男が住人と出くわしたとき、男は足を不自由そうに引きずっていたとか、吉原の元末社はそんな噂を聞いた覚えがあると言っておりました」

茶碗を戻し、続けた。

「お稲が子を宿している噂が広まりましたのは、男が消えてから数ヵ月のちでございました。春のひと月ばかり店にいた男が相手に違いなく、遠い縁者だとか、事情があって世話をしているとか、言いつくろっていたのが、どうやら、ひとり暮らしの芸者とゆきずりの男の間柄だったかと、噂になったのでございます。しかし、お稲はそのもちも男の事はいっさい語らず、芸者務めを続け、お腹が大きくなり芸者務めがむずかしくなると、その年もおしつまった冬、内芸者をしていた妓楼の八州屋に自ら身売りし、さらに箕輪の浄閑寺にこれも自ら掛け合って子を産むために世話になれるよう計らって、年が明けた二十歳の春、浄閑寺で男児を産んだのでございます。そうして生まれた男児は、浄閑寺の住職の世話で里子に出され、お稲は八州屋の新造、吉原の遊女八橋になったのでございます」

それから……

と、天一郎はお稲の、八州屋の新造から昼三の花魁となり、十年の年季、西河岸の小見世・牡丹屋の女郎務めのまたおよそ十年の日々、揚屋町の中見世・備後屋の遣手になってさらにすぎ去っていった二十年の歳月を語った。

「お稲はこの春、五十九歳になっております。備後屋の遣手になって、冷酷非情な遣手と、花魁、新造、禿らは皆お稲を恐れ、備後屋のみならず、吉原の遊女の間で〝鬼のお稲〟と言われるほどの遣手でございました。心中を図った遊女の亡骸を鬼の形相で縛りあげ、浄閑寺へ運んでいったその凄《すさ》まじさに、以来、鬼のお稲ではなく、〝鬼婆あ〟とさえ呼ばれておりました。そのお稲が、心の臓の病に倒れ、今は大見世・松葉屋の下谷の寮にて、出養生の身でございます。これはお稲が、鬼のお稲、鬼婆あ、と恐れられながら、じつは情の厚い遣手で、ひとりでも多くの遊女らが無事年季を勤めあげられるように厳しくふる舞い、遊女らのために手を尽くしてきており、病に倒れても自分の養生の蓄えすらないお稲の事情を知っている備後屋の花魁たちが、松葉屋の主人に話をつけ、費用も花魁たちが工面し、お稲が養生できるようにと計らっているからなのでございます」

そのとき、峰岸が不意に言った。

「心の臓の病、でござるか」

天一郎は峰岸を見つめ、「はい」とこたえた。

「重い病でございます。今お稲は、重い病の床に臥せって泣き暮らしていると聞いたのでございます。およそ四十年前、里子に出し捨てたも同然のわが子に、せめて命がある間にひと目会って子を捨てたわが罪を詫びたいと。それが叶わぬため、泣いているのだと、吉原では鬼婆あの目に涙、と噂になっております。初め、われらはその噂を聞きつけ、これは子別れの人情を扱う世話物になると思ったのでございます。鬼婆あの目に涙、は読売種になると」

峰岸が低い声を絞り出した。

「天一郎どのは、そのお稲という老いた女が産んだ子の父親が、すなわち、四十年前、お稲とひと月ほど裏店ですごした侍らしき若い男が、わが青坂家家中の誰かではないかと、推量なさっておられるのだな」

「こみ入った事情ではございません。当人のお稲が一番よく存じておることではございます。ですが、お稲は頑《かたく》なに口を閉ざしております。また、お稲が身売りをした八州屋の当時の主人はすでになく、箕輪の浄閑寺もすでに二代の住職が代わって、お稲が子を産み里子に出した経緯を存じている者は、もう殆どおりません。峰岸さま、およそ四十年前の春の出来事でございます。ご当家ご家中において争い事があり、吉原において斬り合いにいたったか、あるいは、ご家中の方が吉原において騒乱に巻きこまれ、命を落とされ、けがを負われたか、そのような出来事はございませんでしたでしょうか。それから、ご家中に、斬り疵《きず》を負われ足の不自由な方に、お心あたりはございませんでしょうか。もしかすると、その方はご家中でもご身分の高い方かもしれません」

「身分が高い？　それは、天一郎どのの推量か」

「さようです。浄閑寺のただ今の若いご住職が子供のころのことでございます。先々代と先代の住職、つまり、お稲が浄閑寺で子を産み、産んだ子を里子に出すにあたって世話をしたであろう先々代と先代の住職が、昔、ある者の子を里子に出す世話をしたその里子先の主人が出世をいたし、高い身分を得たという噂話をし、里子に出したその子の幸運なる廻り合わせは、御仏の計らいと言ったのを聞いた覚えがあるそうにございます。ご住職は、お稲の産んだ子の里子先の噂かどうかは定かではないと、申してはおられましたが」

天一郎は、峰岸へわずかに身体をかしがせ、言った。

「しかしながら、お稲の子が里子に出された里子先の家の主人が、高い身分を得たという噂話を、峰岸さまは、いかが思われますか。里子先の家の主が、御仏の計らいで出世をしたその噂話にお心あたりは、ございませんか」

すると、峰岸は天一郎へ向けていた双眸《そうぼう》を、なぜかわずかに綻《ほころ》ばせ、白い雲の下の庭へ流した。

それはまるで、穏やかな諦めに戯れているかのように見えた。

峰岸は東の間、庭に目を遊ばせてから、やおら立ちあがった。

庭に面した濡れ縁の近くへ老いた身体を運び、両開きの腰障子を、静かに両手で閉じた。

書院の部屋は、障子ごしのやわらかな灰色の薄明かりに包まれた。

峰岸は再び天一郎と対座し、諦めと戯れるかのような眼差しを寄こした。

「少々寒くなってきた。年寄りは寒さが応えますので、勝手に閉めさせていただいた。かまいませんな」

天一郎は頷いた。

「天一郎どの、もしも、お稲の子が里子に出されたその家の主が、わが家中において出世を果たし、高い身分に就いていたとしたなら、読売になさるおつもりなのだな。青坂家の身分高き誰それは、じつは吉原の芸者の血筋、あるいは、花魁、鬼婆あと呼ばれた遣手の倅で、青坂家の身分高きどなたかの家に里子として、数十年前にもらわれてきた子と、書きたてるのですな」

「読売にするかどうか、まだ決めておりません」

「読売にしないとすれば、どのような場合でござるか」

「ある花魁に頼まれたのでございます。病に臥せっているお稲に、ひと目でも倅を会わせてやりたい。だから、手を貸してほしいと。花魁は人を貶《おとし》めず、蔑《さげす》まず、憎まず、ただ、哀れみと慈悲の心を抱いております。いかがわしき読売屋風情にも、哀れみと慈悲の心はあります。もし、われらの読売がそれを損なうようなら、読売にはいたしません」

峰岸は間をおき、言った。

「里子としてもらわれてきた子は、お稲が生母であると存じている者も、証拠もないのですな」

「峰岸さま、実事しかございません。実事から目を背《そむ》けるか、背けぬか、それだけでございます」

二人の間に、沈黙がわだかまった。邸内のいっさいの物音が途絶え、まるでときが止まっているかのような静寂に包まれた。

「その方はわたしを、お啓《けい》、と呼ばれた。お仕えする主と家臣であり、子供のころからともに育った幼馴染みでもある。歳はわたしと同じで、亡くなられたのは十年前の五十三歳のときであった。お身体が丈夫な方ではなかった。それでも、摂生に努められ、人並みには生きられたと思う。物心ついてからお亡くなりになるまで、五十年近く、わたしはあの方のお側にいたことになる。むろん、奥方さまや、お父君やお母君よりもわたしのほうが長い。長ければよいというものではないが。たとえひと月であっても、深さはおよばぬということもある」

峰岸はそう言って、口元を少しゆるませた。

「ご自分を、つくづく見どころのないありふれた男だな、と冷めた言い方をなさるようなところがあった。ご自分に対して冷淡で、欲のないお方であった。宝暦元年にご当主に就かれたとき、お啓、凡庸《ぼんよう》な者にもとり柄はあるということだな。せめて当主にでもなって少しは民や家臣のために働けと、ご先祖さまが言うておられるのか、と笑っておられた」

天一郎は口を挟まなかった。峰岸がすべて話すに違いなかった。峰岸に任せればよい、と思った。

「だが、そういう言い方をなさるのは、あの方の照れ隠しなのだ。わたしにはわかっていた。おのれを、おのれ以上に見せることを好まれなかった。だが、決して凡庸な方ではなかった。学問を好まれ、剣も一刀流《いっとうりゅう》の達人の腕前であった。政《まつりごと》に公正であろうと努められ、領国をよく治められ、まことによき君主であった。あの方にお仕えしたことは、わが誉れである」

それから峰岸は、右の手を左の手首へ添えるような仕種をし、袖をさり気なくまくりあげ始めた。太い二の腕が現れた。さらに持ちあげると、肩の近くに六、七寸はありそうな大きな古い疵痕《きずあと》が見えた。

「これは、あの方をお守りできなかったわたしの汚点の印でござる。わたしがお守りできなかったがために、あの方は疵《きず》つき、足が不自由になられた。しかし、今となってはこの汚点とて、あの方の思い出でござる。あの方を継がれた若君は、父君の教えをよく守り、父君にも劣らぬよき殿さまとして、いっそう国を富ませ、領国の民のためにお働きになっておられる」

峰岸は袖をおろし、膝に手を戻した。

「思えばあの宵が、すべてが変わりゆく始まりだった。雨のそぼ降る夕刻だった。吉原仲ノ町の桜並木にたて廻した提灯や行灯の灯が、花の散り始めた桜の木々をいっそう艶《あで》やかに照らしていた、あの光景が今でも目に浮かぶ……」

と、峰岸の低い声が物憂げに流れた。

三

四郎兵衛会所並びの七軒茶屋のひとつ、《菱川屋《ひしかわ》》に、忠敏《ただとし》と啓九郎、警固役の二人の供侍《ともざむらい》の四人があがったのは、夕方の五ツ半すぎであった。

日暮れにはまだ間があったが、厚い雨雲に覆われた空は黒く、日が暮れたような暗さだった。雨は昼から降り出し、八ツごろ一旦止んだが、夕方が近づくにつれて本降りの雨になった。

菱川屋の主と女将が挨拶に現れたあと、二階の座敷に案内され、「どうぞ、こちらにお召し替えを」と、羽織袴を茶屋の用意した羽織と着流しに着替えた。

刀は茶屋へ預ける。遊びを終えて茶屋に戻り、帰り支度をするとき渡される。

茶屋を通した客は茶屋に、茶屋を通さず直《じか》づけや素《す》あがりの客は、妓楼の若い者に大階段の下で刀を預けるのが廓の作法である。

ただ、供侍の二人は忠敏と啓九郎の警固のため、菱川屋の女将や若い者とともに忠敏と啓九郎を妓楼に送り届け、一旦菱川屋に戻って待ち、戻る刻限にまた妓楼へ迎えにゆく段どりになっていた。

そのため、供侍の二人は、羽織袴のまま刀を携えていた。

着替えが済むと、八寸《はっすん》に吸物の椀、硯蓋《すずりぶた》、盃台《さかずきだい》、銚子が並べられた。

硯蓋には、とこぶし、かまぼこ、たまずさ牛蒡、こはく玉子、しおぜんまいが、酒の肴に並んでいる。

「女将、われらは吉原は初めてだ。これからいかがするのだ」

啓九郎が女将に訊いた。

「はい。初回でございますので、敵娼《あいかた》はわたくしどもでの名指しが決まりでございます。お若いお武家さまでございますので、京町一丁目の総籬《嘉邑《よしむら》》の胡蝶《こちょう》と初音《はつね》を名指しさせていただきました」

「ということは、胡蝶と初音も若い太夫なのか」

女将は嫣然《えんぜん》として頷き、

「まだ太夫ではなく、歳の若い格子ではございますが、いずれ太夫になる評判のよい敵娼でございます。きっと、お気に召されます」

と言い、おほほ……と鉄漿《かね》の口元を手で隠して笑った。

享保の終わりのそのころはまだ、吉原には身分の高い武家やお歴々の客相手の太夫や格子がいた。

一方で、町民相手の大衆化路線をとった昼三や附廻しの、花魁と呼ばれる遊女が中見世を中心に現れ、少しずつ評判をとり出していた。

「忠敏さま、格子、だそうです。よろしいですね」

啓九郎は忠敏に言った。

「うん、いいよ。われらの元手も限られているからな」

忠敏はこたえた。

「では、これからその妓楼へ向かうのだな」

啓九郎が言った。

「いえ。敵娼がお迎えにまいりますまで、こちらでお酒をお召しあがりになって、お待ちください。ただ今、芸者を呼んでおります。敵娼がまいりましたら双方がそろったところで酒宴になります。その酒宴の間に、どちらの敵娼を選ぶか、お決めください。酒宴のころ合いを見て、わたしどもの案内で、敵娼ともども嘉邑へ向かっていただきます」

「そこでやっと妓楼へ向かうのか」

「さようでございます。嘉邑にあがりましたら、まずは引きつけ座敷で引きつけの杯を交わしていただき、敵娼はお召し替えとなり、その間、注文をいたしました台の物が届きますので、敵娼が姿を見せるまで、みなさんでお酒を召しあがってお待ちいただきます」

「そこでもまた、酒宴をするのか」

「はい。わたしどももご一緒に、皆で陽気に……」

「ああ、皆でか。それは物要りだな」

それから着替えを済ませた敵娼が姿を見せて酒宴が賑わったところで、妓楼の若い者に「あちらへ」と敵娼の部屋に案内される。

部屋に入ってやっと、床が納まる、という床入りになるが、初会《しょかい》、裏をかえす二回目、三回目の馴染み金を出して馴染みをつけるまで、敵娼は床に入っても帯を解かないと、女将に聞かされ、

「ええ、そ、そうなのかぁ?」

と、啓九郎が意外そうに言うと、供侍の二人が声を殺して笑った。

啓九郎は呆れ顔で、忠敏へ見かえった。

「ということは、馴染みになるまで三度こなければならぬのだな。仕方がないよ、お啓。吉原で遊んでみたかったんだ。これも見聞を広めるためだと思えばよい。お啓の裁量でなんとかしろ」

「心得ました」

ほどなく、島田に兵庫髷の二人の格子と、新造、禿、嘉邑の若い者、黒羽織の末社、酒宴用に呼んでいた芸者ら総勢十人ほどが菱川屋にきて、酒宴が始まった。

四半刻《しはんとき》余ののち、菱川屋の女将が箱提灯を提げ、菅笠《すげがさ》に尻端折りの若い者らは、格子や新造、禿に傘を差しかけ、忠敏と啓九郎には、塗笠に紙合羽の供侍が傘を差しかけて従い、その後ろから傘を差した末社らがおどけつつ、雨の降る仲ノ町を景気よさげに京町へと向かっていった。

一行は七軒茶屋の菱川屋を出て、仲ノ町の桜並木の右手の往来をゆき、江戸町一丁目の辻から揚屋町の辻までの中長屋、揚屋町から水道尻までの水道尻と呼ばれる茶屋の並びをすぎ、嘉邑のある京町一丁目の木戸をくぐる。

雨が桜並木と軒をつらねる茶屋の屋根に降りかかり、しめやかなざわめきが聞こえ、桜並木にたて廻した提灯や行灯は、往来に潤んだ明るみを落としていた。

傘を差した者、合羽に笠だけの者、客を迎えにいった遊女と戯れる者ら、雨にもかかわらず末社と戯れる禿など、往来に嫖客や女たちの姿が目につき、六ツになって妓楼の張見世でかき鳴らされ始めた見世すががきや、茶屋の酒宴の三味線の音が気持ちを浮きたたせるが、なかなか降り止みそうにない今宵の雨のせいで、仲ノ町の往来は普段の賑わいぶりではなかった。

「やはり、今宵はお客さまが少のうございます」

と、箱提灯を提げて前をゆく女将が忠敏と啓九郎にふりかえって言った。

「これでも少ないのか。まるで祭のような賑わいだが」

「いえいえ、天気のよい日は、こんなものではございませんよ。歩くのさえ、ままなりませんので」

女将は愛想よく笑って見せ、傘を差しかける若い者が、まったくで、というふうに頷いた。

忠敏も啓九郎も二人の供侍も、いざ、というときの心がまえに欠けていた。

それは侍らしからぬ落ち度だが、太平の世が長く続き、ましてや若い二人は、初めての吉原に心が浮きたっていた。

雨でなければな、と恨めしく思っていたのがせいぜいだった。

そのとき、往来の前方より、菅笠に紙合羽、黒ずんだ着物に袴の股だちを明らかに高くとり、黒足袋に草鞋をつけた侍が二人、人をかき分け、真っすぐ一行のほうへ早足で向かってくるのを認めた。

突き退けられた嫖客が、「なんだっ」と気色《けしき》ばみ、女の驚きの悲鳴があがった。

さらに後尾の末社の背後でもざわめきが起こり、同じく、菅笠に紙合羽の数名の侍が突き進んできた。

「忠敏さま」

「啓九郎どの」

二人の供侍が呼びかけ、忠敏と啓九郎の前後を固めた。

二人は紙合羽を払い、刀の柄をつかんで、前方と後方を睨んだ。

途端に、前後に迫る侍らが抜き放った白刃が、雨の中にきらめいた。

往来のざわめきが、喚声と悲鳴に変わった。

すると、どけえっ、どけえっ、と雄叫《おたけ》びのように連呼しながら、侍らが忠敏と啓九郎のほうへ突進してくるのが見えた。

人波が往来の左右にいっせいに分かれ、金《かな》きり声と怒声と罵声《ばせい》が錯綜《さくそう》し、酒宴の行われている中長屋の茶屋へ走り逃げる者もいた。

供侍が刀を抜き放った。

忠敏も啓九郎も、両刀は菱川屋に預けている。

侍らは廓の作法を知って、無腰の忠敏と啓九郎を狙い、仲ノ町の往来で待ちかまえていたのに違いなかった。

茶屋の女将も若い者も、胡蝶や初音の格子も、連れの新造、禿、末社、妓楼の若い者らも、白刃をかざし猛《たけ》り狂って突進する侍らに、われを忘れて悲鳴をあげながら逃げまどうだけだった。

それでも若い者は、胡蝶と初音を庇って、往来のつらなる中長屋の茶屋の一軒へ逃がした。格子を追って新造と禿が茶屋へと逃げ、禿が道に転んで泣き叫んだところを、末社が抱きかかえて逃げた。

茶屋は酒宴を開いていた二階の座敷が、大混乱に陥った。

通りかかりが散りぢりに逃れる一方で、大勢の野次馬がいきなり始まった斬り合いの周囲をとり巻いた。

あたりは騒乱に包まれた。

だが、少し離れたところでは、かき鳴らされるすががきや客を呼ぶ嬌声や、繰り広げられる賑わいに、騒乱の悲鳴と叫び声はまぎれてしまう。

供侍の二人が、前後から襲いかかる刺客と雨煙をあげて打ち合った。

刀が水飛沫を散らして甲高く打ち鳴り、空を斬る一撃が虫の羽音のように不気味にうなった。

「忠敏さま、お逃げを」

「啓九郎どの、忠敏さまをお連れして去れ」

供侍らは、襲いかかる刺客を防ぎつつ叫んだ。一方、刺客側は、

「忠敏さま、お覚悟を」

「お家のためでござるっ」

と口々に喚《わめ》き、果敢に斬りかかってくる。二合《ごう》、三合と激しく斬り結んだ。

そのとき、桜並木を囲う柵の中にひそんでいた二人の刺客がとび出し、忠敏へ襲いかかった。

刺客が忠敏に浴びせた一撃を、供侍がふりかえりざま打ち払う。

しかし、ふりかえった供侍は、それまで斬り結んでいた刺客に背中へ袈裟懸《けさが》けを浴びせかけられた。

「ああっ」

と身体をよじったところに、新手が上段より打ち落とした。

供侍の塗笠が割れ、顔面に赤い亀裂が走ると、さらにもうひとりが、止《とど》めに脾腹《ひばら》を貫いた。

供侍は刀を落とし、血を噴きながら砂利を散らし横転した。

ほぼ同じとき、背後の刺客を防いでいた供侍は新手の刺客の出現に堪えきれず、肩と腕に疵を負った。

血だらけになった供侍は、血と雨を散らして刀をふり廻した。

そこへ打ちかかった刺客と、相討ちになった。

両者は奇声を発し、同時に引き斬ってくずれ落ちたのだった。

刺客は血飛沫を噴き転げ廻り、一方の供侍は、「忠敏さま……」と砂利道を這《は》っている背中へ止めを刺された。

しかし、二人の供侍が討たれた短い間が、忠敏と啓九郎が逃れる隙になった。

忠敏に刺客が襲いかかるまで、束の間の隙ができた。

「お逃げを」

啓九郎が叫び、忠敏を茶屋のほうへ突き飛ばした。

「お啓っ、こい」

忠敏は、ふりかえりながら逃げた。

逃げる忠敏に、刺客が上段にとって襲いかかっていく。

啓九郎がその刺客の横からしがみついて防いだものの、もうひとりの刺客が啓九郎の腕をひと薙ぎした。

啓九郎は「うわっ」と喚き、腕を抱えてくずれ落ちて片膝をついた。刺客は、

「邪魔すな」

と啓九郎を蹴飛ばし、忠敏になおも迫る。

忠敏には横転する啓九郎が見えた。

次の瞬間、刺客の一撃を躱《かわ》しきれなかった。太腿をえぐられ、茶屋の前土間へ転がりこんだ。

周りで女たちの悲鳴が鋭く走り、忠敏はすぐに顔を持ちあげた。

土間の壁にすがって、懸命に起きあがった。斬られた足から血が噴き出て、激しく痛んだ。その刹那《せつな》、

「あぶない」

と、女の声が聞こえ、ふりかえると、刺客が止めを刺そうとすぐ後ろで刀をふりあげていた。刺客の必死の形相が目の前に迫っていた。

だが、刺客も慌てていた。

ふりあげた刀の切先が天井の八間《はちけん》に触れ、一瞬躊躇《ためら》った隙に、忠敏の拳を眉間に浴びた。

刺客は首を後ろに折り、仰《あお》のけに転倒した。

その後ろから、次の刺客が迫ってくる。

忠敏は疵の痛みを堪え、裸足で茶屋の人ごみの中へ紛れこんでいった。


その日、お稲は江戸町一丁目の八州屋に出かける前、角町の姉さん芸者を訪ねる用があった。

新造に張見世のすががきを頼んでいたので、夕六ツに始まる張見世に障りはないけれど、ご主人が口うるさいので、角町の用が済んでから、雨の中を急いで戻っていた。三味線の筥を濡らさないように蛇の目を差し、仲ノ町へ出て江戸町一丁目のほうへ角町の角を折れた。

普段は、揚屋町の裏店から裏通りや路地を通り抜けて、八州屋の勝手口から見世に入るが、今日は急いでいたので、江戸町一丁目の往来をいき、紅殼格子のある張見世の総籬の前を通って、表戸をくぐるつもりだった。

仲ノ町の桜並木の西側の往来に、蛇の目と二枚歯の足駄を鳴らした。

桜並木の満開の花が、雨に打たれて萎《しお》れるように散っていた。

もう今年の桜も終わってしまうのね、とお稲は寂しく見やった。

と、不意にお稲の右肩に男の肩が触れた。「どけっ」と一喝され、左手の茶屋の軒下のほうへ突かれた。

二人の侍が、お稲の横を足早に追いこしていく。

侍は菅笠を目深《まぶか》にかぶり、紙合羽を羽織ったうえに草鞋履きだった。刀を帯びていたし、吉原の客には見えなかった。急《せ》いている様子だった。侍のかぶる菅笠に雨が散っていた。

押し退けられたほかの通りかかりが罵声《ばせい》を投げかえしたが、侍らは相手にしなかった。真っすぐ突き進んでいく様子だった。

なんだろう……

と、思ったとき、前方に菱川屋の女将が案内する、茶屋の客と遊女や禿、末社の一団が見えた。

途端、侍らが合羽を払って抜刀し、白刃を提灯や行灯の火にきらめかせて、雄叫びをあげて斬りかかっていった。そして、喚声や叫び声や悲鳴が周囲にあがる中、お稲の目の前でいきなり激しい斬り合いが始まったのだった。

通りかかりはみな往来の左右に逃げ散り、菱川屋の女将や若い者や遊女らも逃れ、侍だけが刀を鳴らし、叫び、罵り、縦横に駆け廻りながら争った。

お稲の足はすくんだ。

見ると、四人の侍風体の客を、前から二人、後ろから三人の討手が襲いかかっているのがわかった。

だが、襲われた四人のうち、二人は無腰だった。

袴姿の二人が、無腰の二人を守って討手と戦っていた。

そこへ新手が二人、桜並木を囲った柵の中から往来へ飛び出してきて、討手に加わった。喚声とともに、かちん、かちん、と刀の鳴る音が聞こえた。

懸命に堪えていた二人は、新手の出現によって堪えきれず、ひとりは背中と面を斬られ、脾腹を貫かれてくずれ落ちた。

今ひとりもほぼ同じく、肩と腕を疵つけられ、最後は相討ちとなって倒れた。

二人の無腰の男は、二人が斬られた隙に互いに何かを叫びながら逃げ、ひとりがお稲が立ちすくんでいる茶屋の軒下のほうへ突進してきた。

草履が脱げ、逃げる男は白足袋だけだった。

追いかける討手が、背後からふりかぶったとき、もうひとりが討手にしがみついて防いだけれども、別の討手に腕を疵つけられて跪《ひざまず》いた。

跪いた男を蹴り倒した討手は、お稲のほうへ逃げる男に斬りかかり、躱しきれなかった男の足を疵つけた。

くわ……

と、男は身体をひねり、茶屋の前土間へつんのめって倒れかかってくる。

お稲は、茶屋の軒下に斬り合いをさけていた他の通りかかりと一緒に、倒れかかってくる男に押しこまれるような形で土間の奥へと逃れた。

膳がひっくりかえされ、茶碗が割れ、茶屋の女の悲鳴が走った。

お稲がふりかえると、土間に転がった男の足に、夥《おびただ》しい血が見えた。

しかし、男は土間の壁にすがって起きあがった。

その後ろから討手が再びふりかぶった。お稲は思わず、

「あぶないっ」

と叫んでいた。

そのとき、討手のふりかぶった刀の切先が、天井の八間に触れた。

討手がためらいを見せ、咄嗟《とっさ》に壁にすがった男の拳が討手の顔を打った。

討手は仰のけに転倒し、その隙を逃がさず、疵ついた男は土間の奥に押しこまれ

ていたお稲や通りかかりをかき分け、よろけながら逃げていった。

追いかける別の討手は、刀をふりかざして追ったため、お稲や通りかかりが狭い土間を逃げまどい、かえってゆく手をはばまれたのだった。

四

仲ノ町で夕刻あった斬り合いの一件は、八州屋でもその話で持ちきりだった。

一件が収まったあとの様子を見にいった若い者らの話では、面番所の町方と手先は駆けつけたが、侍たちの猛りたった様子に手出しできなかった。

といって、仲ノ町の往来に転がる亡骸やけが人を雨の中に放っては商売ができず、せめてけが人だけでも、と収容しかけたとき、どこかの家中の侍が大勢駆けつけ、けが人と亡骸を運び去った。

侍の中の頭だった者が、四郎兵衛会所で町名主や町方に、どこそこの大名家の者であり、御公儀にはこちらから届ける。迷惑をかけた見世には償いをお家からすると告げて、一件はたちまち収められた。

どこのご家中で、どういう事情で争いが起こったのかは、名主と一部の者が知っているだけで、若い者の話では詳しい事はわからなかった。

ただ、お稲はあのとき、血を流して自分のそばを逃げ去った男の姿が、頭から離れなかった。

不気味な形相をした討手らの追及から、あの身体ではとうてい逃げおおせないだろう。第一、吉原の外には忍びがえしのある高い塀を越えないと出られないし、たとえ逃れ出たとしても、ずいぶん血が流れていたから、あの男の人はきっと助からないだろう。

可哀想にと、ただそう思った。

その夜、四ツからあがった客の引きつけ座敷で酒宴の三味線を弾き、務めを終えて八州屋を出たのは、四ツ半をすぎた刻限だった。

雨はまだ降り止まず、路地や小路の水溜りに足駄をとられないように、用心しい しい戻った。

揚屋町の裏店に戻り、お稲は明かりもつけず、三味線の筥を板敷におき、あがり框にぐったりと腰かけた。

宵に恐ろしい斬り合いを見て気が昂《たか》ぶったせいか、毎日変わらない芸者務めなのに、今夜はなんだか疲れを覚えた。

板敷続きに四畳半がある。おっ母さんと二人で、ずっと暮らしてきた店だった。路地は寝静まり、雨垂れの音しか聞こえなかった。

四畳半に布団をのべ、寝間着に着替え、寝て目が覚めたらご飯を炊き、朝ご飯をいただき、洗濯や掃除をし、お化粧をして、また八州屋の昼見世の務めへいつもの道を通って出かける。お稲はそんなことを考えた。

さあ、お稲、立ちなさい、と自分に言い聞かせたときだった。

土間の隅の竈のほうの暗がりで、野良犬のうなり声が聞こえた。

お稲は飛びあがり、三味線の筥を抱きかかえた。

どっからか、野良犬が入りこんでいたらしい。どうしよう。飛びかかってきたら大声を出すしかない。

咬《か》まれないようにしなきゃあ、と思った。

「しっ、しっ……」

無駄と思いつつ、恐る恐る声を出してみた。

野良犬がまたうなった。

だがそのとき、お稲は「あ？」と声をこぼした。

野良犬ではなく、人のうめき声に聞こえたからだ。それも、ひどく弱々しいうめき声に思われた。

「誰？　誰かそこにいるの」

かすかなうめき声が、暗がりの中で、しかし確かに聞こえる。

お稲は三味線の箮を抱いたまま、竈と流し場のある暗がりへ目を凝らした。足駄を踏み締め、そろりそろりと近づいていった。

暗がりに目が慣れ、お稲は息がつまった。

竈に凭《もた》れて、人影らしき黒いものがゆっくりと動いているのを認めた。動くたびにうめき声が聞こえた。

「ど、泥棒？　うちに入ったって、何もないよ」

思わず言って、馬鹿ね、と思った。

板敷にあがり、燧《ひうち》を鳴らして附木に火をつけ、行灯を灯した。

土間へふりかえった途端、腰をぬかしそうになった。

ひいっ、と声が出た。

薄暗い土間の奥の、竈にぐったりと凭れた見知らぬ男が、力なく瞼を開け、板敷のお稲を見あげていた。

行灯を提げて竈のほうへ近づくと、弱々しげな男の目が憐《あわれ》みを乞うているように見えた。男の着物が裂け、手や着物に血がついているのがわかった。月代を剃った髷が、くずれて髱《たぼ》へ落ちかけていた。

羽織の袖をちぎり、それを太腿に巻きつけていた。巻きつけた袖にひどい血がにじんでいた。男の顔は青ざめ、疲れきり、汚れていた。

「あっ」

と、そのときまた声が出た。

見知らぬ男だった。

だが、あの人だ、と気づいた。

「も、もしかして、夕方、仲ノ町で斬り合いをしていた、あそこにいた、お、お侍さん？」

男はうなった。そうだと言ったのか、苦しくてただうなっただけなのか、お稲にはわからなかった。

あのとき、お稲は思わず、あぶない、と叫んだ。

なぜ、あの男がここにいるのか、逃げたのではなかったのか。

どうしよう、どうしたらいいの。

わけがわからないが、ただ、このままにはしておけないとだけは思った。

お稲は、ほんの束の間、躊躇ってから言った。

「す、すぐ着替えるから、ちょっと待ってて」

芸者務め用の着物を素早く普段の着物に着替え、それを裾短《すそみじか》に着て襷をかけた。

島田の髪に手拭を姉さんかぶりにし、土間に飛びおりた。

流し場の下にある水瓶《みずがめ》の水を桶《おけ》に汲んで、男の傍らにかがみ、手足や顔の泥と血を綺麗に拭ってやった。

それから、太腿に巻きつけたちぎった袖をとり、太腿の疵を見た。

疵口が斜めにぱくりと割れ、見る見る浮き出てくる血が男の腿に垂れた。大きな深い傷だった。

咄嗟に、お稲は姉さんかぶりの手拭で疵口をふさいだ。

四畳半へいき、行李《こうり》から白い襦袢《じゆばん》を持ち出した。襦袢をきり分け包帯替わりにし、疵口の血を洗ってから何重にも強く巻きつけた。

男の身体を大きな荷物を抱きかかえるように持ちあげ、板敷に横たえた。

お稲は、見た目より力が強かった。

男の身体は大きかったが、なんとかなった。

着物は、血がついているというより、泥水で汚れ、びしょ濡れだった。この疵で雨の中を這いずり廻り、ようやくここまできたらしかった。

お稲は何も考えなかった。男の着物を脱がせた。草履が脱げて汚れた白足袋をとり、ちょっとだけためらったが、下帯もとった。

濡れて冷えた身体を丁寧に拭いた。

四畳半に布団を敷きのべ、裸の男の後ろから両脇に手を差し入れ、持ちあげて引き摺っていき、布団に寝かせた。

布団にくるまってぐったりしたが、男はうめき声をもうあげなかった。

お稲は、血や泥で汚れた男の着物や足袋や下帯を盥《たらい》に入れ、水に浸した。

血や泥を洗っても、刀で裂けた着物は、端《は》ぎれにするしかないのだろうと考えながら、板敷を綺麗にし、土間を掃いた。

男は眠ったらしかった。静かな寝息が、路地の雨垂れの音に混じった。

お稲は、はあ、とひと息つき、水瓶の水を柄杓《ひしゃく》で飲んだ。

明日、揚屋町の石庵《せきあん》先生にきてもらって、疵を診《み》てもらおうと考えた。

そのとき、路地の木戸あたりで雨音が乱れ、何人かが路地のどぶ板を踏み、水溜りの水を撥ねて路地に入ってくる気配がした。

足音が止まり、男同士がひそひそとささやいた。

「ここら辺で消えたのは、間違いない。あの疵だ。遠くにはいけぬ」

「きっと、どこかにひそんでいるはずだ。隅々まで探せば、必ず見つかる」

「もしかしたら、ここらあたりの店にもぐりこんでいるかもしれんぞ」

「誰かに匿《かくま》われているかもな」

「悠長なことはしておられん。手分けして一軒一軒、隈なくあたってみるか」

「よかろう。われらはこの路地を。おぬしらは隣の路地をあたれ」

「心得た。いくぞ」

男らの足音と雨の音が、路地に乱れた。

表戸の腰高障子に、明かりが差したり消えたりした。

すぐに、何軒か先の店の板戸を乱暴に叩く音が聞こえた。

「起きろっ。誰かいるか」

しばらくして、人が出てきたらしく、定かには聞きとれないが、「……を見かけなかったか」「……もの、知らねえ」「隠すとためにならんぞ。退け」「隠しちゃいねえよ……見りゃあわかる……」というような、荒っぽい遣りとりが聞こえ、人の踏みこむ気配がした。

すぐに、別の店の戸が叩かれた。お稲の店は、四軒店の路地の一番奥にある。次の次だった。

お稲は、四畳半の男のほうへふりかえった。

すると、布団に横たわった男が力なく目を開け、お稲を見ていた。

お稲はそのときになって、初めて男の若い風貌に気づいた。

色白の大人しい顔だちだった。そう言えば、綺麗な手足をしていた。

この人は一体……

「あんた誰？　何したの」

と訊いたが、男は黙ってお稲を見ている。

「夕方の人たち？」

思わず訊き、男はそれでわかったのか、黙って頷いた。

咄嗟に、お稲は盥の着物をしぼって板敷の床下へ投げ入れ、盥の水を流しに捨てた。四畳半に走りあがり、慌てて着物を脱ぎ捨てた。薄紅の湯巻《ゆまき》を抜きとり、たちまちしどけない肌着一枚になった。

男の身体を横向けにさせ、布団を乱雑にめくって、裸の背中が表戸から見えるようにした。

隣の店の戸が叩かれ、同じような遣りとりが交わされていた。

行灯の火はつけたままにした。

「寒いけど、我慢してね。わたしに任せて、じっとしていて」

上から男をのぞき、声をひそませて言った。

鼻筋の通った横顔が小さく頷いた。

そのとき、お稲の店の腰高障子が乱暴に叩かれた。

お稲がふりかえると、障子に幾つかの明かりが映っていた。

お稲は肌着の襟元をくつろげ、細い首筋と胸を見えるようにした。

島田の髪を乱し、おくれ髪をうなじにわざと垂らした。そうして布団の男の隣に半身をすべりこませ、半身を起こした恰好で表戸のほうへ顔を向けた。

「誰?」

お稲は、表戸へ気だるげな声を投げた。

「開けるぞ」

戸の外で男が言った。

戸が音をたてて引き開けられ、龕燈《がんどう》をかざし笠をかぶった三人の男が、戸の外に見えた。笠に降りしきる雨が飛沫になっていた。

軒からしたたる雨垂れが、男の菅笠にあたって撥ねていた。

男らが着けた紙合羽が雨に打たれて鳴り、両刀の物々しい柄がのぞいている。

龕燈の明かりが、布団から身を起こしたふうなお稲に向けられた。

お稲はまぶしそうに明かりをよけつつ、肌着一枚の恰好で、わずらわしそうに布団から出た。

襟元を直し、褄《つま》を押さえて表戸の三人の前へ進み出た。

お稲の恰好は、ひどくしどけない。淫《みだ》らに見えた。

「なんですか、この夜更けに。騒々しいわね」

咎《とが》めるように、しかしわざと婀娜《あだ》っぽく言った。

男らはお稲を睨み、それからお稲の後ろの四畳半を見やった。布団に横たわった男の裸の背中が、表戸へ向いている。

「なんですか。いやね。よしてくださいよ」

お稲は眉をひそめ、四畳半の男を隠すような仕種をした。

かまわず、男らは狭い店の隅々まで見廻した。

「ここはおまえの店か」

「そうですけど」

「寝ているのは？」

「お馴染みさんですよ。わたし、江戸町の八州屋さんで芸者をやってるお稲と言いますけど、どちらのお侍さんなんですか」

「どちらでもよい。馴染みだと？　ちょっと退け」

お稲の細い肩を男の湿った手が押した。

「何をするの。いやな人ですね。人を呼びますよ。わたしたち、ついさっき戻ってきて、ようやく寝ようとしていたところなんですから」

お稲は男のゆく手をはばんで、退かなかった。

「雨戸も閉めず、明かりも消さずにか」

「これから雨戸を閉めて、明かりを消そうとしていたんです」

男は顔をしかめ、しどけないお稲の恰好を睨んだ。

四畳半のほうへまた目を向けた。布団のそばに、お稲の着物と薄紅色の湯巻が脱ぎ散らかして見えている。

男は一歩土間へ踏みこんだが、お稲が退かぬため躊躇った。

「西野《にしの》、ここはいいのではないか」

「次へいこう」

ほかの二人が言った。野暮はするまい、という口ぶりだった。

男は、ふむ、とかすかにうなった。それから、

「怪しい男を見かけなかったか。足に怪我を負っている」

と、冷ややかな語調でお稲に質した。

「八州屋さんからここまで、誰も見かけません。わたしはあの人と、ずっと二人だけでしたし」

「よかろう。いくぞ」

男は戸外へ戻り、二人より先に路地を進んでいった。

路地の奥に雪隠とごみ捨て場がある。

お稲は、龕燈の明かりにくるまれた三人が路地の奥を見廻り、それから木戸のほうへ戻ってゆくのを確かめてから、雨戸を勢いよく閉じた。

障子戸を閉めて、深い息を吐いた。胸の鼓動が早鐘《はやがね》を打った。四畳半にあがり、布団のそばに坐りこんだ。

震えが止まらなかった。

「もう、よいか」

お稲に向けた背中が言った。その背中が、苦しそうに丸くなった。

「済んだわ。もう大丈夫よ。疵が痛むの？」

布団を着せかけながらささやいた。すると男は首を横に動かし、

「寒い……」

と、布団の中に顔を埋めた。男の白い顔が、火照《ほて》っているみたいだった。額に掌をあてると、驚くほど熱かった。

寒い？　あ、どうしよう。

お稲は、布団がひと組しかないことに気づいた。子供のときから、おっ母さんとひと組の布団で寝ていた。

お稲は束の間、躊躇った。だが、男の隣に身体をすべりこませた。布団の中で瘧《おこり》にかかったように震えている男の身体を、後ろから抱き締めた。

「ああ、寒い」

それでも男は、震えながら言った。

お稲は強く抱きしめた。

「もっと、強く……」

お稲は、もっと力をこめて抱きしめてやった。

なぜそんなふうにしたのか、自分にもわからなかった。ただ、そうするしかないと、思っただけだった。

おっ母さん、仕方がないよ。だって、可哀想なんだもの。

おっ母さんを思い出して言った。

降りしきる雨が、裏店の屋根を寂しく叩いていた。


目覚めると、雨は止んでいて、雨戸の隙間を透かした朝の白みが、障子に青白い筋を映していた。夜明けの鳥が、遠い空で鳴いている。

だが、路地はまだ寝静まっていた。

お稲の腕の中に、男の裸の身体があった。うっとりさせられる気持ちのよい暖かさが、お稲を包んでいた。

男は震えておらず、お稲の腕の中でじっとしていた。

昨夜、男の身体を抱き締めたまま眠ってしまい、夜が明けたのだった。

昨夜の出来事は、夢で見たようにしか思い出せない。

お稲はまた目を閉じた。何もかもが曖昧なのに、腕の中の男の温《ぬく》もりだけが確かだった。そして、その確かさが不思議に感じられた。

「お稲……」

不意に男が、ぽつりと言った。

「起きてたの?」

お稲は目を閉じたまま言った。

「今、目が覚めた」

「具合はどう? 疵は痛い?」

「痛いが、とてもよくなった。暖かくて気持ちがいい。もう少し、このままにしていてくれ」

男の大きな手が、お稲の手をつかんだ。

「どうして、わたしの名前を知ってるの。わたしの事を知ってたの」

「昨夜、おまえがあいつらに言ってたではないか。江戸町の八州屋さんで芸者をやってるお稲と言いますけど、と威勢よく……」

ああ、そうだった。お稲は思い出した。ちょっと恥ずかしかった。

「どうして、わたしを助けた」

「だって、死にそうだったんだもの」

「昨夜は土間の隅で、ここで死ぬんだなと思った。これがわたしの一生かと思って泣いた。そしたら、おまえが戻ってきた」

「あとで疵の布を替えてあげる。お医者さまに診せなきゃね」

「医者に診せるのは駄目だ。やつらがまだ探し廻っている。きっと見つかる。このまましばらく、ここで寝かせてくれ。歩けるようになったら、出ていく」

「お医者さまに診てもらわないと、たとえ命はとり留めても、足が不自由になるかもしれないわ」

「不自由になっても仕方がない。それが定めなのだ。おまえに助けられたのも、今、おまえとこうしているのも」

お稲は昨日の夕刻、茶屋の土間で、あぶない、と叫んだことを思い出した。あれが定めだったのか。この人を助けるための。それが証拠に、疵ついたこの人は今、わたしの腕の中にいる。なんと不思議な定めなのだろう。

「名前を教えて」

「忠敏だ。忠義のただと、敏いのとしだ」

「忠敏さんは、身分の高いお侍さまなの？　お命を狙われるぐらい」

「そうかもしれぬな。わたしの身分など、さしたる意味はないのだがな。命を狙う値打ちもないのだがな」

忠敏は、まるで自分を嘲《あざけ》るように呟いた。

何があったの、とお稲は訊かなかった。何があろうと、そんなことはもう、どうでもよかった。今の温もりが、お稲の全部だった。

この温もりのほかに何も要らない。身分も明日の命もと、お稲は思った。

五

明障子におぼろな影が、斜めに素早く走った。

ちっちっ……

庭に小鳥の声が戻ってきた。

峰岸は話を止め、閉じた明障子へ顔を向けた。庭のどこかに巣があるのだろうか。

あれはあおじだな、と天一郎は思った。

「忠敏さまは、お父君の春信《はるのぶ》さまご側室・由奈《ゆな》の方のお子で、兄君は春信さまご正室・紀乃《きの》さまのお子・信元《のぶもと》さまでござる。お父君春信さまから家督を継がれるご長男の信元さまとは違い、忠敏さまはお部屋住みのお立場ゆえ、信元さまは国元の丹波でお暮らしになられ、忠敏さまは築地の青坂家下屋敷にて、祖父母の宗春《むねはる》さま志《し》那《な》さまとお暮らしになっておられた。わたしは童児のころから忠敏さまのお話し相手、遊び相手としてお側近くにお仕えし、忠敏さまが剣術、学問、青坂家のご当主のお血筋に相応《ふさわ》しい、お心構えや嗜《たしな》みを身につけられていかれる歳月を、ともにすごし見守ってまいった」

と、天一郎へ見かえった。

「忠敏さまは、武門の人品骨柄《じんぴんこつがら》、素養においても申し分のない人物に育たれた。いずれは、他家と養子縁組を結び他家の者となられるか、あるいは、青坂家縁戚の家を継いで主家《しゅか》を支えるお立場になられるか、忠敏さまご自身、そのようにお考えだった。忠敏さまはわたしに、お啓、わたしが他家へ養子婿に入るときはおまえもくるかと訊かれ、申すまでもございません、とお答えしていた」

「吉原の襲撃は、どういう事情があって……」

「それよ」

峰岸は天一郎の問いをなだめるように、ゆったりと言った。

「先々代の春信さまには、弟君の繁宗《しげむね》さまがおられた。繁宗さまは、和泉《いずみ》の一万二千石渡井《わたらい》家へ養子婿に入られ、渡井家を継がれていた。あれは信元さまが春信さまより家督を継がれ、青坂家第七代ご当主に就かれて五年がたった享保二十年の春であった。元々は、一年ほど前より家中で言われていたことであったが、お健やかであった信元さまが突然、胸を患《わずら》われご養生をせねばならなくなられた。信元さまのお子は、姫君さまのみにて男子はなく、万が一という事態も考慮いたし、お世継ぎの話が頻繁にとり沙汰され始めた。姫君さまはまだ幼いゆえ、ならばご側室・由奈の方のお子の忠敏さまをお世継ぎにという話が出た。あの折りは、わたしも驚いた。というのも、母君の由奈の方のお家柄は身分の低い家臣筋にあたり、忠敏さまに家督をと推す者は少数と聞いていたからだ」

「忠敏さまに家督を、という話が聞こえたのでございますね」

「聞こえた。ところが、和泉渡井家のご当主・繁宗さま、すなわち信元さまの叔父君より、異議の申し入れがなされた。繁宗さまは、幕府譜代の青坂家の世継ぎは相応の血筋でなければならぬ、と由奈の方のお血筋に憂慮《ゆうりよ》を唱えられたのだ。よって、忠敏さまはご当主に相応しくない。繁宗さまご長男の龍興《たつおき》さまを、青坂家の養子に迎え青坂家の家督を継がせるべきであると。それで、忠敏さまのお世継ぎの話は消えたと忠敏さまもわたしも思っていた。当主となる人格、度量ある者が家督を継ぐのではない。身分という形を継ぐのだ。家柄、血筋、由緒が考慮されるのは当然のこと、と思っていたのでな」

家柄、血筋、由緒……と天一郎は腹の中で繰りかえした。

「その春半ば、お啓、吉原の桜を見物にゆこうと、忠敏さまが言われた。たぶん、ご当主の話が桜の花が儚く散るように消えた成りゆきに、わたしががっかりしていたのを慰めるおつもりだったのだろう。お啓、いいではないか、当主など堅苦しくてかなわん、と忠敏さまはそんなふうに言われるお人であった。それで、われら二人だけで吉原へいき楽しもう、と考えた。むろん、吉原は初めてだった。だが、下屋敷に詰める番方《ばんかた》の頭が、お二人だけというのはなりませぬ、ゆかれるのはお止めいたしませんが、警固の者をお連れくださいということになって二人の警固がつき、われらの吉原ゆきは公然の秘密になっていた。もっとも、隠すほどの事でもないが、照れ臭くてな」

峰岸の目が笑みを浮かべ、宙を泳いだ。

「だが、成りゆきは単純ではなかった。当人がそれでよくとも、周りはそうとは限らぬ。無法は大抵、お家のために、武門の筋を通すためにとされ、それが正義という名の下《もと》に行われる。ご養生中の信元さまは、龍興さまを養子に迎えることには賛成しかねておられた。忠敏を当主にするのがよい、というお考えだった。また、ご隠居の春信さまも、龍興を青坂家に迎えるのはいかがなものか、と疑問を持たれていた。なぜなら、龍興さまご養子の考えの裏には、信元さまご正室の槙江《まきえ》さまと渡井繁宗さまご正室の沙伊《さい》さまのつながりがあった。じつは、沙伊さまと槙江さまとは縁戚筋にあたり、龍興さまを徳川譜代の青坂家の当主にたてることを強く望んでおられた。繁宗さまより、意を通ずる青坂家の方々へ個々にお働きかけがあり、かなり露骨なふる舞いもあったようだ」

「龍興さまがご当主に就かれたならば、何々役を約束する、などと……」

「まあ、そのような事だろうな。忠敏さまやわたしは、江戸の下屋敷にいたため、国元のそのような動きには少々疎《うと》かった。当主になれぬことぐらい、こちらには重大でもなんでもなかったのでな。だが、国元では繁宗さまの意を汲む龍興さま擁立派と、裏に沙伊《い》さまと槙江さまの思惑のからむ繁宗さまの働きかけに、余計な横りであると異を唱える反龍興さま一派とが反目《はんもく》する事態になっていた。お家騒動というほどには表に見えてはいなかったものの、じつは、国元では怪我人のみならず、死人を出すほどの争いが、すでに始まっていたらしい」

峰岸は、大きく肩をゆらしてひと呼吸を挟み、

「争いの当面の理由がお世継ぎとかかわりなかったため、気づかなかった」

と自嘲をにじませた。

「それがまさか、忠敏さまに刺客を放つなど、そこまで一気に踏みこむとは、推量だにしていなかった。激しく動けば、反発も強くなる。それが道理だ。忠敏さま襲

撃は、無謀きわまりない謀《はかりごと》だった。その一件があって、青坂家のお世継ぎにからんだ家中の反目が、たちまち表沙汰になった。江戸と国元の間を早馬《はやうま》がしきりにゆき交い、江戸上屋敷でも、龍興さま擁立派とそれに反対する一派とが激しく対立した。今にも邸内で斬り合いが始まるのではないか、と思われるほどの睨み合いが続いた。わたしは吉原の襲撃で疵を負い、築地の下屋敷で疵の養生をしながら、行方《ゆきがた》知れずになられた忠敏さまの身を案ずる日々だった」

「御公儀には、知られていたのですね」

「当然、知られないはずがない。だが、忠敏さま襲撃があって一ヵ月がたち、お世継ぎ争いがさらに大きくなる前、ご隠居さまはすでに亡くなられ、築地の下屋敷にておひとり暮らしであった太母《たいぼ》さまのお志那さまが、事態を殊《こと》のほか憂慮なされ、これ以上争いが続くならば、御公儀に裁断を仰ぎ、たとえ青坂家が改易《かいえき》になってもやむなしと、自ら上屋敷に乗りこまれて留守居《るすい》の重役方を一喝《いっかつ》なされた。太母さまのおふる舞いが、お世継ぎ争いを急速に収束に向かわせた。何しろ、お家の存続をかけてお世継ぎ争いをする理由など、誰にもありはしないのだ。呆気《あっけ》なくお世継ぎ争いが収まったのち、御公儀の高官方に事を穏便に済ましていただくよう、挨拶廻りをするにあたって、村井五十左衛門さまに何くれとご相談に乗っていただいたのでござった」

「お世継ぎ争いはどのように、落着したのでございますか」

「龍興さまの青坂家への養子縁組の話は消え、青坂家の世継ぎは病気養生中の信元さまのご一存に従うこと。また、争った家士への処罰はいっさい行なわず、のみならず、家中における報復も断固禁ずること。ただし、忠敏さま襲撃については主《しゅう》筋《すじ》への明白な謀叛《むほん》ゆえ、断じて許すこと能《あた》わず。かかわった者を厳重に探り出し、厳格に処罰いたすこと、と相なった。家中に何名かは斬首《ざんしゅ》された者がいた。金で雇われた江戸の不逞《ふてい》の輩への追及もなされ、渡井家の当主・繁宗さまはご隠居の身になられ、龍興さまが渡井家を継がれた。ご正室の沙伊さまは落髪《らくはつ》し、和泉の尼寺へ入られ、信元さまご正室の槇江さまも同じく、落髪して丹波の尼寺へ入られた」

峰岸は、そこで言葉をきった。だが、話はまだ終わってはいない。

「峰岸さま、お続けください」

天一郎が促すと、ふむ、と峰岸は頷いた。

「吉原には文使いの男がいる。気ままに吉原から出られぬ遊女が望むささやかな買い物を代わりに務めたり、遊女の文を届けるのだ。文一本を届ける手間代が十六文ほどと聞いた。揚屋町の路地奥に住んでおるその文使いが、ある日、築地の下屋敷に忠敏さまの文を届けにきて、忠敏さまご存命が明らかになった。太母さまのご命令で、即座に忠敏さまお迎えの使者が吉原へ向かった。ただし、そのときはまだお世継ぎ争いは収束しておらず、忠敏さまを狙う者が嗅ぎつけるかもしれぬので、隠密に少人数で事は運ばれた。疵はすっかり癒《い》えてはいなかったが、むろん、わたしも迎えの中に加わった。太母さまが動かれたのは、忠敏さまが下屋敷に戻られたそのあとだった」

「お稲は、どのように」

「気になるか。天一郎どのも若いな。すぎた遠い昔話なのに……」

峰岸は、物憂げに言った。

「揚屋町の裏店にいったとき、お稲はいなかった。忠敏さまはおひとりで、女物の着物を着流して楽に足を投げ出し、暢気《のんき》に髭を剃っておられた。月代がやくざ者のようにのびていた。わたしを見て、お啓、きたか、と微笑《ほほえ》まれた。いつもの忠敏さまのお言葉だった。よくぞまあご無事で、と泣けた。ただ、足は引き摺っておられた。速やかに歩けなかった。お亡くなりになるまで、足はご不自由なままだった。とも角、お着物を替えていただきすぐにお連れした。お稲には、世話になった、改めて礼をする、と忠敏さまが書き残され、わたしが十両をおいた」

「十両？　刺客よりお命をお守りした礼金が十両で、お稲には何も言わずに、でございますか」

「やむを得なかった。刺客がまだ狙っているかもしれぬゆえ、われらは急いでいたのだ。改めて礼をするというのは、正式の使者をたて、お稲を迎えにくる、という意図でござった。忠敏さまは、お稲を下屋敷に迎え、正妻はむずかしいかもしれぬが、末永くご自分のお側におかれるつもりだった。もしもお稲が望めば、誰《たれ》ぞの妻にとも考えておられた。少しでもお稲のよいように、おとり計らいになるお考えだったのだ。だが、先ほど申したように、太母さまが自ら動かれ、お世継ぎ争いは収束に向かった。忠敏さまは幼きころより築地の下屋敷にて、お祖父さまの宗春さま、お祖母さまのお志那さまとお暮らしゆえ、お志那さま、すなわち太母さまは忠敏さまをとても可愛がっておられた。だから、お世継ぎ争いが収まると、忠敏さまにすぐに奥方さまを迎えるようお命じになられた。おそらく、太母さまはご病気の信元さまのあとは忠敏さまが相応しいと、お考えだったのでござろう。むろん、太母さまのご命令に逆らうことなど、できる者はおらぬ」

「奥方さまを、迎えられたのでございますか」

「半年後の九月だった。婚礼のための支度やら相手方や縁者への挨拶廻りやらと、いろいろあって、お稲を改めて迎えにいくお暇はなかった。太母さまも、命の恩人のお稲のことはご承知であったから、お側におくことはかまわぬが、しばらくは太母さまにお仕えさせ、忠敏さまのお側に相応しいお屋敷暮らしの行儀作法を習わせたうえで、とわたしにお稲のことは任せられた。三月《みつき》がたって、蟬《せみ》の鳴く暑い夏の朝だった。わたしは揚屋町のお稲を訪ね、忠敏さまを黙ってお連れいたした経緯《いきさつ》とこれまでのお家の事情を伝え、青坂家の意向を申し入れた。お稲を下屋敷に迎える支度にかかる費用その他は、いっさい心配は無用と丁重に」

やおら、峰岸は天一郎から目を逸らし、黙然とした。そして続けた。

「するとな、お稲は嫣然《えんぜん》として言った。お心遣い、ありがとうございます。しかしながら、そのようなお気遣いは今後いっさいご無用に願います、とな。自分は、命を懸けて忠敏さまを救ったのではなく、ひどいけがを負い弱っている人を、ただ気の毒に思い手を貸しただけである。特別な事ではなく、普通の人なら誰でもがするふる舞いであり、忠敏さまでなくともそうしていた。おいていかれた礼の十両は多すぎるが、これはお志としていただいておくと。意外な相対であり、言葉であった。一方で、無理もないと思った」

「無理もないとは？」

「そうではないか。母ひとり娘ひとりで吉原の裏店に住まい、母親の生業を継いで妓楼の芸者となり、孤独な貧しい暮らしに耐えてきた女だった。そのような女、まだ十九の娘が、いきなり大名家のお屋敷に入るのだ。見ず知らずの者ばかりの中で、誰にも頼れず暮らしていくなど、考えられなかっただろう。二の足を踏み、そんなことができるわけがないと気づくのに、ときはかからなかったに違いない。あのときお稲に言われて、無理もないと思った。それ以上は勧められなかった」

「三ヵ月たっていたのです。お稲には、忠敏さまのお子を身籠《みごも》っていたことがわかっていたはずです。それはお聞きにならなかったのでございますか」

「気づかなかった。お稲はいっさい言わなかった。下屋敷に戻り、太母さまと忠敏さまにお稲の言葉をお伝えすると、忠敏さまは、ならば自分がいくと仰られたが、太母さまが止められた。忠敏さまはもう、気楽な部屋住みの自分ひとりの身を考えて済む立場ではない。これからは、奥方さまを迎え、領国のため、家臣のため、民のため、それのみを考えて生きる心構えがなくてはならない。お稲は放っておくようにと。わたしも、お稲のことはわたしにお任せください、と申しあげた」

それから、峰岸は天一郎へ眼差しを戻した。

「お稲が子を孕んでいると知らせを受けたのは、その年の師走《しわす》だった。わたしは揚屋町の裏店の家主に、お稲に困ったことや変わった事態が生じたならば、いつでも知らせてくれるようにと頼んでいた。子供のことはまったく念頭になかった。忠敏さまのご意向を受け、お稲の暮らしの力添えをするつもりだった。お稲が子を孕んでいると聞き、妓楼の芸者稼業の女ゆえ忠敏さまのお子とは限らぬと思ったが、数ヵ月前、お稲に会った折りの姿や言葉を思い出し、これは忠敏さまのお子に間違いあるまいとすぐに確信した。お稲を訪ねると、お稲のお腹は大きくなっていた。忠敏さまのお子かと訊ねると、そうです、とお稲はさり気なくこたえた。こんなにお腹が大きいと三味線が弾けないので、務めには出られなくなりましたと、そんな自分がおかしそうに言った。あのときのお稲の素ぶりには、胸を締めつけられた。こうなってはお稲を屋敷に迎えるしかないと判断し、再びそれをきり出したところ、それにはおよばぬと、お稲はまたしても拒んだ。すでに妓楼の八州屋に身売りを決め、身売り金を前借りして子を産む費用《ついえ》と産むまでの暮らしの費用にあて、箕輪の浄閑寺の住職に頼んで、浄閑寺で子を産むことになったと、すべての段どりを、お稲ひとりでつけていたのだ」

「忠敏さまはなんと？」

「忠敏さまはすでに奥方さまを迎えておられ、のみならず、家中でのお立場が大きく変わりつつあった」

「兄君の信元さまの跡を世襲なさるお立場へ、でございますね」

「さよう。忠敏さまは、そうであれば、お稲の産んだ子をわが子として迎えたい。わたしにそのように頼むと、目に涙を浮かべて仰られた。わたしは太母さまにご相談申しあげ、太母さまも反対はなさらなかった。話を聞く限り、お稲は気だてのよいしっかりした娘である。きっとよき子を産むに違いない。子は国の宝である。そのような子を忠敏は授かった。めでたき事ですと、太母さまは仰られた。お稲、いや、お稲どのがお健《すこ》やかな男児を産まれたのは、年が明けた享保二十一年の、春の初めであった」

峰岸は幅のある肩をゆるやかにゆらした。

「吉原の一件があってから一年余がすぎた弥生《やよい》の昼さがり、わたしは目だたぬように数名の供侍と乳母とお乗物を仕たて、若君さまのお迎えに箕輪の浄閑寺へ向かった。お稲どのは、若君に最後の乳を飲ませ、われらの到着を待っておられた。もう先々代になる浄閑寺の住職も同席し、われらが見守る中で、乳母がお稲どのより若君を抱きとった。すると、それまで大人しく抱かれていた若君が母を呼ぶようにか細く泣かれてな。手をつき、顔を伏せたお稲どのの目から滂沱《ぼうだ》と涙が落ちて、部屋の畳が音をたてた。わたしは堪《たま》らなかったが、『これで最後でござる。よろしいな』と言った。するとお稲どのは、涙声ながら、しっかりとした口調で言った。わが子をよろしゅうお願いいたします。こののちは、母と子の縁をいっさい断ち、こちらよりかかわりを求める、浅ましく不届きな振る舞いは決していたしません。ただひとつ、願わくはそのお子さまに、忠敏さまの哀れみとお慈悲を、せつにお願い申し上げます。それがお稲どのと交わした、最後の言葉だった」

峰岸はうめくように言った。

天一郎は、息苦しさを覚えた。大きく深い呼吸を吐き、お稲の半生に思いを馳《は》せた。そして腹の中で、

哀れみとお慈悲を……

と、お稲の言葉を繰りかえした。

六

夕刻、築地川沿いの末成り屋の土蔵に、天一郎、修斎、三流、和助の四人が車座になっていた。階段南側の一階の板敷である。

板敷西側の土間の竈にくべた薪が、炎をあげ、とき折り音をたててはじけた。竈にかけた黒い鉄瓶が、そそぎ口からゆるやかな湯気をのぼらせている。

四人は、それぞれ物思わしげに黙りこんでいた。天一郎が、

「茶を淹《い》れよう」

と、座を立った。

天一郎が立った土間の土壁に開けた小さな明かりとりに、西の空に沈んだ日輪の名残の夕焼けが見えた。

天一郎は煎茶を入れた急須に鉄瓶の湯をそそぎ、急須と四個の茶碗を盆に載せ車座に戻った。四個の茶碗に湯気をのぼらせると、長い腕をのばし、

「まあ、茶でも飲め」

と、茶碗を一人ひとりの前に配った。

「仕方がない。天一郎が読売種にしないのなら、わたしにも異存はない。調べにあたったのは天一郎と和助だから。二人の調べは無駄になるが」

むっつりした三人の中で、修斎が静かに口を開いた。

「わたしも異存はない。天一郎の思うとおりにしたらいい。初めはみな、そんなに乗り気な読売種ではなかったしな」

三流が同調し、茶碗をとって茶を含んだ。

「でも、《鬼婆あの目に涙》が大名家までからんだ子別れ物だったんですから、この読売種はきっと、評判を呼ぶでしょうね。お稲さんの子が、忠敏さまのご長男として育ち、青坂家の第八代ご当主・忠敏さまを継いで第九代のご当主・宗勝《むねかつ》さまになられた。鬼婆あの産んだ子が、お大名の殿さまですよ。凄いじゃありませんか。ちょっと惜しいな」

と、和助が頭の置手拭を整えつつ言った。

「読売にしないと峰岸さんに約束したわけではないし、峰岸さんも何も言わなかった。だが、これを読売種にするのは気が引けるのだ、評判はとるかもしれないが。身勝手を言ってすまない」

「気にするな。それが末成り屋の天一郎じゃないか。われらは末成りでいい。末成り屋のできる事をやっていけばいいんだ」

「でも、初瀬さんなら、おめえら甘いなって、言うんでしょうね」

和助はしつこく食いさがった。

「初瀬さんはああいう人だから、ずけずけ物を言うが、天一郎の考えもわからねえわけじゃねえがなと、案外言うと思うぞ」

三流が和助に笑いかけた。

「ご当主の宗勝さまは、お稲さんをどうするのだろう。浄閑寺の別れで母と子の縁はいっさい断ったとしても、母と子の実事は変わらぬからな」

「ご当主の宗勝さまは、今は国元におられる。峰岸さんは、至急、宗勝さまにおうかがいをたてると言っていた」

「天一郎さん、お英さんにも知らせないといけませんね」

「お英さんには、近々、この顚末《てんまつ》を知らせにいく。お稲さんをどうするか、あとは青坂家のきめることだ。お英さんの思うようにいくかどうか……それに、公平が江戸に戻っていたことを伝えてやりたい」

「公平は、もう江戸を出ましたかね。お上の目が光っていますし、首代の菊蔵みたいな物騒な男とは、あまりかかわりにならないほうが、いいですもんね」

「和助、次の読売種は菊蔵の手下の弥作殺しだ。おそらく、この読売は一度では済まない。しつこく訊き廻って、その都度、読売にして売り出していくつもりだ。了実の倅の忠太郎の話も聞いておきたい。自分の代わりになんのかかわりもない弥作が殺されたのだ。それを忠太郎はどう思っているのか、そもそも、それで自分が助かったことを承知しているのか、確かめる」

「首代の菊蔵が、黙っていないでしょうね。八州屋の番頭の了実だって、弥作殺しの読売が売り出されたら、穏やかじゃないと思いますよ。これはわれら末成り屋と菊蔵や了実との戦《いくさ》になるかもしれませんよ。菊蔵には、円地とかいう恐ろしげな用心棒がついていますし」

「戦になればなったで、受けてたつさ。それも読売種にする。弥作殺しを読売種にする、弥作殺しをこのままにはしないと、公平に約束した」

「いいですとも。わたしだってやりますよ。でも、首代の手下の弥作殺しの読売種が、《鬼婆あの目に涙》ほど、評判をとるとは思えませんがね。初瀬さんだって、やくざな男がひとり消えただけだ、放っとけって言うでしょうね」

和助が未練がましく言ったので、天一郎と修斎と三流は苦笑いを交わした。

同じころ、吉原伏見町の水茶屋《小桐屋》の内所の暖簾を了実が払った。

内所の桐の長火鉢を前に、菊蔵が長煙管を吹かしている。

着流しの黒襟から下馬をのぞかせた円地一学《いちがく》が、片膝立ちの恰好で胡坐をかき、長火鉢を挟んで菊蔵とひそひそ話に耽《ふけ》っているところだった。

身頃が割れた間から、立てた青白い片膝が露わになり、円地は片肘《ひじ》をその膝頭にだらしなくのせ、手を垂らしていた。

「あ、旦那、声をかけてくださりゃあ……」

菊蔵は長煙管を長火鉢の縁に打ちあて、灰を落とした。

「いい。声をかけたって、入り口からここまで目と鼻の先じゃないか。いちいち案内を待っていられないよ」

了実は少々不機嫌な口調でかえし、長火鉢の傍らへ羽織の裾を払って着座した。

円地が了実の素ぶりを横目で睨み、薄笑いを投げた。

「了実さん、不機嫌ですな。何か気に入らないことでもありましたか」

と、円地は紅を塗ったような赤い唇を歪めた。

「公平とかいう三下が、弥作の行方を探っている。それだけでもわずらわしいが、妙な読売屋が首を突っこんできた。あいつらは、公平よりもしつこく嗅ぎ廻っているらしい。うっとうしいやつらだ」

「末成り屋とかいう築地の読売屋ですね。あいつら、どうやら公平の仲間のようです。ここにもきやした。円地さんに嚇《おど》されて、尻尾《しっぽ》巻いて逃げやしたがね」

「円地さん、吉原で手荒な真似はやめてくださいよ。わたしは菊蔵の後ろ盾なんです。菊蔵の身内が妙な刃傷《にんじょう》沙汰を起こして、お上の調べが入るようなことになったら、惣名主や名主やらがいい顔をしませんから」

「心得ているさ。吉原で人を斬りはせぬ。いろいろうるさいからな。嚇してやっただけだ。旦那の倅の忠太郎さんとは違う」

「忠太郎と違う？　どういうことですか、それは」

しかし円地は、ふん、と鼻を鳴らした。

「円地さん、およしなせえ。旦那に口がすぎやすぜ。いえね、忠太郎さんが山之宿の八十助の縄張りで、今でもだいぶ派手に遊んでいらっしゃると、噂を聞きやすんで、あぶねえなって話していたんですよ。また前みてえなことがあったら……」

了実は眉をひそめた。菊蔵をさえぎるように言った。

「用はなんだね」

菊蔵と円地が、にやついた顔を見合わせた。

「公平のがきが、偉そうにあっしに果たし合いを申し入れてきやした。相手にするのも面倒だが、こうしつこいと放っておけやせん。公平がそういうつもりなら、好都合でさあ。ちょいといって、始末をつけてきやす」

ひと呼吸をおいて、了実が言った。

「殺すのか」

「息の根を止めて、弥作と一緒に埋めてやりやす。弥作はどこだと、どうしたと、蝿《はえ》みてえにつきまとってきやがった。うるせえ蝿を叩き落として、弥作のところへいかしてやるんでさあ」

「いつだ」

「今夜、引け四ツ。吉原の大門が閉じられる刻限でやす」

「場所は」

「山谷田中の五本松でやす。その五本松の先の藪ん中に、弥作を埋めたのを、どっかで嗅ぎつけたらしく、果たし合いの場所を田中の五本松と言ってきやがった。弥作の弔い合戦のつもりらしい。恰好をつけやがって、笑わせやす。念のため、旦那にひと言、お知らせしておこうと思いやしてね」

「わたしにも、こいと言うのかい。わたしは引け四ツまで、八州屋の番頭の仕事があるんだよ」

「こいとは言いやせん。くるのは勝手でやすがね。大《て》えしてかかりやせんから、くるなら、なるべくお早めに」

「円地さんもいくのか」

「わたしもいくのかって？　そりゃあいきますよ。弥作を八十助の前で叩き斬ったのは、わたしですからね」

「菊蔵、弥作のことを嗅ぎ廻っている読売屋はどうする。読売種にされたらやっかいだぞ。読売屋は北馬道の友八にも、話を聞きにいったらしい。忠太郎のことをあれこれ訊いたそうだ」

「だから、読売屋も始末しろと、仰るんで？」

「つ、ついでじゃないか。金は、出す」

あはあは……

と、菊蔵と円地が声を乱して笑った。

「さすが、旦那、言うことが違う。腹が据わってやす。けど、何もかも一度にというわけにはいきやせん。あの読売屋は、公平のがきを始末してから考えやしょう。読売屋もてき屋も同じごみ。ひとりや二人、消えていなくなったところで、誰も気にはかけやせん」

「旦那、お任せを。ご褒美次第で、いかようにも……」

円地が立てた膝のふくらはぎを戯れに叩きながら、なおも笑った。

第四章　落とし前

一

夜更けの五ツ半すぎ、表戸の樫の引き戸が鈍い音をたてた。

「末成り屋の天一郎さんは、こちらでやすか。新鳥越町の末吉でやす。公平の仲間の末吉でやす。天一郎さんに、お知らせしてえことがありやす。天一郎さん、いらっしゃいやすか。公平が大変なんです」

戸の外に甲高い声があがった。樫の戸が、鈍い音をたて続けている。

天一郎は文机から立ち、手燭《てしょく》を提げて表戸のところへいった。

表戸を引くと、昨日、土手通りの、傘と下駄を売っている掛小屋で見かけた末吉が荒い息を吐いて戸前に立っていた。山谷から急いできたらしく、明かりも持たず、ひどい汗をかいていた。

「末吉さんか。公平がどうかしたのか」

天一郎は手燭をかかげた。

「天一郎さん、大変なんです。公平が、首代の菊蔵に、は、果たし状を……」

末吉は膝に手をつき、息を喘《あえ》がせた。

「末吉さん、中へ入れ。今水を汲んでくる」

「あ、ありがとうございやす。山谷から、走ってきやした。末成り屋さんを、探し廻りやした。やっと着いた」

天一郎は末吉を土間に引き入れ、あがり端の板敷に坐らせた。

流し場の下の水瓶の水を茶碗に汲んでくると、末吉は喉を鳴らして飲み乾し、荒い息を整えた。

天一郎は片膝立ちになり、末吉の傍らにかがんだ。

「公平が、菊蔵に果たし状を突きつけたのだな」

末吉は、うんうん、としきりに頷いた。

「弥作の仇《かたき》討ちをするつもりなのか」

「そ、そうです。駄目だ、そんなこと無理だって、あっしは止めたんでやすが、公平はどうしても落とし前をつけるって、聞かねえんです」

「そうか。江戸を出ていないのか」

「弥作兄さんをこのままにして、江戸を出るわけにはいかねえ。弥作兄さんが可哀想だって。昨日、天一郎さんたちが帰ってから、公平は弥作さんがどこでどうなったか、山之宿の八十助親分の手下らにいろいろ探りを入れ、今日も朝からあっしも一緒になって、あの野郎なら口が軽いだろうと思われるやつらに訊いて廻ったんです。あっしは、公平が菊蔵に果たし状を突きつけるなんて思わなかったし……」

「弥作はどうなったのか、わかったのか」

「へい。弥作さんはどうやら、山谷田中の五本松で、菊蔵の用心棒の円地とかいう人斬りにばっさりとやられたらしいんで。八十助親分の代貸《だいがし》と主《おも》だった手下らが見聞役に立ち会ったとか、聞けやした。弥作さんの亡骸は、見つかるとやっかいだからと、五本松の近くの藪の中に菊蔵の手下らが埋めたみてえだが、詳しい場所まではつかめやせんでした」

「了実と忠太郎は、いなかったのだな」

「菊蔵のほうは、菊蔵と用心棒の円地のほかに、菊蔵の手下らだけだったそうで。菊蔵の手下は、てめえの命なんぞ気にかけちゃいねえやつらばっかりでやす。菊蔵なんかに刃向かったって、人のいい公平が敵《かな》うわけがねえんだ。公平が膾《なます》にされちまう。公平に助っ人してやりてえが、あっしひとりじゃ大えして役にたたねえ。読売屋の天一郎さんは元はお武家で、剣の腕が凄えんだって公平から聞きやした。天一郎さんに手え貸してもらおうと……」

「承知だ。よく知らせてくれた。果たし合いの場所とときは」

「場所は、山谷田中の五本松。ときは、吉原の引け四ツでやす」

「子《ね》の刻の九ツだな」

「へい。吉原の大門が閉じられる刻限でやす。は、早く戻らねえと公平が果たし合いに出かけちまう。天一郎さん、あっしが五本松に案内しやす」

「すぐ支度をする」

天一郎はすでに立ちあがっていた。

公平は、揚屋町の裏通りに人目を忍び、暗闇をたどりたどって路地へ入った突きあたりに雪隠を見つけた。

雪隠の軒に飛びつき、指先を軒にかけた力だけで、雪隠の板屋根に身体をたやすく躍りあがらせた。それから、わずかに撓《たわ》んだ板屋根に軋みをたてる間も与えず、少し離れた板塀へむささびのように飛び移った。

板塀はゆれたものの、公平は板塀の先端に草鞋履きの爪先だけで留まり、あたりの様子をうかがった。

路地は闇と静寂に包まれている。板塀に留まった公平に、気づいている者はいない。じっと動きを止めたとき、冷たい夜風が首筋に触れた。

夜空には、星ひとつなかった。

板塀に囲われた庭の向こうに二階家がある。

二階の窓を閉めた板戸の隙間から、ひと筋の明かりが見えていた。

遠くのどこかで鳴る三味線と太鼓の音が、暗い夜空の下で儚く寂しげだった。

公平はかがめていた身体を起こし、板塀の上を一瞬の逡巡《しゅんじゅん》も見せず、するするとたどっていった。

尻端折りに手甲脚絆《てっこうきゃはん》、黒足袋草鞋の旅姿に拵えた引き締まった小柄な身体が、板塀の先端を身軽に静かにすべっていく。

三度笠をかぶった顔を伏せ、羽織った合羽をなびかせ、肩にからげたふり分け荷物の紐をしっかりにぎり、まるで冷たい夜風に吹かれているかのように。

板塀をたどって、ふわ、と二階家の軒屋根へあがった。

軒屋根のすぐ近くに二階の出格子の窓があって、板戸が閉じられている隙間より、一条の薄明かりと、男と女のひそやかな声が聞こえてくる。

公平は板葺の軒屋根を、かすかな軋みをたてながら伝い始めた。

建物と建物の間の路地を次々と飛びこえた。

隣から隣へ、さらに隣へと軒屋根を幾つもすぎ、備後屋の軒屋根にいたった。

片膝立ちになって前後の暗がりを見較《くら》べた。

お英の部屋の目あてをつけ、再び軒屋根を伝っていった。

今度はゆっくりと、いっそう足音を忍ばせた。

ひとつの連子窓のところまできて、連子の出窓の狭い板敷の先に、板戸の閉じられている暗がりを見つめた。

公平は、連子窓ごしに声をひそめて呼びかけた。

「姉ちゃん、姉ちゃん……」

隙間から明かりはもれていなかった。

「おれだよ、姉ちゃん。公平だよ」

大きな声は出せない。お英が気づかなければ、《お英さまへ、公平より》と記した紙にわずかな金を包んで、連子の間から差し入れておくつもりだった。

ときがたち、あたりは静かだった。

夜空に吹く冷たい風が、公平の合羽の裾を戯れるように靡《なび》かせた。

「姉ちゃん、ごめんな。もういくよ」

と、ささやいたときだった。

板戸が音をたてて引き開けられた。一尺ほどの隙間が開き、部屋の中の夜よりも黒いわだかまりがのぞいた。

「公平?」

と、黒いわだかまりの奥から訝しむお英の声が聞こえた。

「姉ちゃん」

公平は呼びかえした。

暗い中から、お英の顔が見えた。板戸がさらに開けられ、お英の白い顔が連子格子を隔てたすぐそばに近づき、

「公平っ」

と、懐かしい声が公平の胸を刺した。

赤い肌着一枚に乱れた兵庫髷が、痛々しく悲しげだった。

「姉ちゃん、ごめんな」

公平は、思わず言った。

「公平、無事だったのね」

お英が声を絞り出した。

連子格子の間より指を差し出し、公平の指に触れた。

「無事さ。おれはいつだって元気だよ。姉ちゃんも元気だったかい。姉ちゃんに謝りたくて、江戸へ戻ってきたのさ。もっと前にきたかったんだけど、なかなかこられなくてさ」

「何を謝るの」

「できの悪い弟で、姉ちゃんに心配ばかりかけて、姉ちゃんにもお牧にも、何もしてやれなくて、とうとう江戸にもいられなくなっちまって……」

「何を言ってるの。あなたが無事でさえいてくれたら、わたしもお牧も、それが一番嬉しいの。ちゃんとご飯は食べてるの。ちゃんと寝るところはあるの。お金は持っているの」

「飯は食ってるし、寝るところもあるし、金だって持ってるさ。おれは自由気ままに、鳥みたいに空を飛び廻って、獣みたいに野山を駆け廻って、どこへだっていけるのさ。姉ちゃん、早く年季が明けて、姉ちゃんとお牧が一緒に暮らせる日がくることを祈っているよ」

「ありがとう。年季が明けるのは、もうすぐだから。公平、忘れちゃ駄目よ。わたしやお牧が、あなたのことを気にかけていることをね。自分のことを考え、自分を大事にしなさい」

公平は大きく頷いた。それから、

「姉ちゃん、もういかなきゃならねえ。また江戸を出る。今度はいつ帰ってこられるかわからねえ。これ。なんかの足しにしてくれ」

と、連子格子の間から小さな紙包みを差し入れた。

「まあ、何をするの、公平。あなたにはお金が要るでしょう。自分のために……」

「いいんだ。ちょっとだけさ。けど、ちょっとでも、姉ちゃんとお牧の役にたちてえんだ。じゃあ、もういくよ。達者でな、姉ちゃん」

「待ちなさい、公平」

だが、公平は連子窓のそばを離れ、闇の中へたちまちかき消えていった。

お英には、公平が夜風と一緒に吹き飛んでいったかのように見えた。連子窓の外には、ただ夜の闇があった。

出窓に落ちた紙包みを拾うと、公平の温もりがかすかに感じられた。

お英は出窓のそばに坐りこみ、紙包みをにぎり締めて弟の無事を祈った。涙が頰を伝い、咽《むせ》び泣いた。

弟が可哀想でならなかった。止めどなく涙がこぼれた。どうして誰もかれもが、こんなに悲しいんだろう、と思った。

「英《はなぶさ》ぁ、なんだよ。痛いじゃないか」

お英に突き退けられ、調度の碁盤の角に頭をぶつけた馴染みが、布団に坐って頭をさすりながら文句を言った。

お英は肌着の袖で涙をぬぐい、馴染みへ顔を向け、涙を堪えて言った。

「ごめんなんし、ごめんね……」

「英《はなぶさ》ぁ、いいから早くぅ」

馴染みは、でれでれと言った。

二

山谷堀の北側、千住大橋にいたる小塚原の南東側の、浅草元吉町のはずれに田畑が広がる百姓地の一帯を里俗に《山谷田中》と呼んだ。

吉原通りから田中の野道を西側に箕輪までいけば、箕輪の山谷堀沿いの浄閑寺へいたる。

その田中の野道からそれ、山谷堀に近い林や藪に囲まれた野っ原の中に、昼間なら五本松が見えた。

五本松から山谷堀を越えた南東側には、浅草田んぼに周りを囲まれた吉原の町が望める。昼間は茶屋や妓楼の屋根屋根が波のように連なり、夜は夜で、赤く灯る火が、夜空に歓楽の明かりを投げかけた。

田中の野道に、冷たい夜風が吹いていた。

目には見えぬが、遠くの木々が風に吹かれて静かなうなりを伝えてきた。雨が近いのかもしれなかった。

野道が小塚原のほうと箕輪や下谷の通新町《とおりしんまち》のほうへ分かれる三叉路に、楓《かえで》の大きな木がたっていて、木の下に祠《ほこら》が祀《まつ》ってあった。

公平は祠の前で足を止め、三度笠とふり分け荷物、縞の引廻し合羽をとった。合羽を丁寧に小さく折り畳み、荷物と一緒に笠に重ね、祠の傍らにおいた。

それから祠の前にかがみ、ちゃらら、と十文ほどの銭を鳴らしておいた。

「ちょっとの間、ここへおかせてくだせえ。それから、おれはいいけど、姉ちゃんとお牧に哀れみと慈悲をかけてくだせえ」

公平は掌を合わせて呟いた。

浅草寺の九ツを報せる鐘の音が、そのとき遠い彼方の夜空に聞こえた。

公平は立ちあがり、懐に呑んだ匕首《あいくち》の柄を確かめた。吹きわたる風の声がささやく中を、再び、歩み始めた。

須臾《しゆゆ》の間《ま》ほど道をゆくと、黒く塗りこめられた夜空の彼方に、五本松らしき樹影がぼんやりと浮かびあがってきた。公平はそこで、野道をはずれた。田んぼの湿った土や畑の畦《あぜ》をすぎて、野っ原の林の中へ入っていった。

林の間をゆきながら、提灯の火が前方でちらほらと蠢《うごめ》いているのを認めた。

林を抜けて、野っ原に出た。

五本松が聳《そび》え、菊蔵が両足を踏ん張るように開いて、胸の前で腕組みをし、太い松の幹を背に立ちはだかっていた。羽織の下の着物を尻端折りに、股引を着け、手甲脚絆に草鞋履き。腰には長どす一本の、勇ましい喧嘩支度だった。

菊蔵の隣に、これは着流しへ懐手をした痩せた円地一学が、二本差しで気だるげに佇んでいた。

提灯を提げた手下らが、尻端折りに襷がけの、長どすを帯びた喧嘩支度で二人の左右に立ち並んでいた。

菊蔵の側に四人、円地の側に三人の七人だった。

思い残すことはねえ。弥作兄さん、仇をとってやるぜ。ひとり残らず、冥土《めいど》へ送ってやるぜ。

公平は、菊蔵と円地と、七人の手下らの風貌を目に焼きつけた。

「きやがった」

手下のひとりが喚《わめ》き、提灯の火がゆれて公平の左右へ走り出した。

「逃がさねえようにとり囲め」

と声が甲走《かんばし》り、手下らの不気味な足音が公平をとり囲んでゆく。

公平は提灯の明かりの中を、菊蔵と円地から目を離さず、真っすぐ進んだ。

菊蔵は大男だった。まっすぐ進んでゆく小柄な公平を、蔑《さげす》みをこめて見おろしていた。円地は、菊蔵ほどではないものの、やはり背は高く、痩せて顔色の悪い風貌に妖気が漂っていた。

公平の踏み締める草が鳴り、夜空の風が静けさをかきたてるように、林の木々を騒がせた。周りを囲んだ手下らが、公平の歩みに合わせて囲みを縮めていく。

円地が公平を見やり、ははは、と甲高い笑い声を引きつらせた。

これしきの男など、と笑っているふうだった。

円地の笑い声に誘われ、菊蔵が太い声を投げつけた。

「怖気《おじけ》づいてこねえのかと思ったぜ。がきだが、度胸は一人前じゃねえか。その調子でしっかり目を開けてろ。地獄の景色をたっぷり拝ませてやるからよ」

菊蔵が高笑いをあげ、手下らも一斉に笑い声を合わせた。

公平は立ち止まり、手下らを見廻した。

「菊蔵、手下はこれだけか。ずいぶん少ねえな。これじゃあ、足りねえぜ」

公平が張りのある声を発した途端、菊蔵と手下らはまた一斉に笑いたてた。

円地はにやついている。

「す、少ねえとよ。おめえら聞いたか。面白えことを言うがきだ。おめえら、慌てることはねえ。ゆっくり弄《いたぶ》りながら始末してやれ。公平、吉原のすぐそばだが、ここには誰もこねえし夜は長えぜ。ゆっくりあの世へいけ」

「菊蔵、弥作兄さんもここで手にかけたのか」

「そうよ。弥作の野郎、泣いて命乞いをしやがった。だから、こんこんと言い聞かせてやったのさ。いいか、弥作。おめえみてえな世の中のなんの役にもたたねえろくでなしのごみが、菊蔵さまの手下にしてもらったお陰で、なんと、人さまの役に少しはたってあの世にいけるんだぜ。こんなありがてえ巡り合わせがあって、おめえは運のいい男だとな。それでも弥作は、勘弁してくだせえと、聞き分けのねえ、往生際の悪い野郎でよ。わあわあ泣き喚きやがるから、引っ叩いて気を確かにしてやった。ごみの気は確かになったが、小便をちびりやがってよ」

　菊蔵と手下らが、そこでどっと笑った。

　公平は、菊蔵を見据えて言った。

「菊蔵、人は死ねばみな仏だ。お釈迦さまと同じ仏だ。仏を嘲笑《あざわら》ってそんなにおかしいか。仏もおめえらには呆れてるぜ。おめえらの地獄いきは決まりだ」

　公平の鋭い声に、手下らの笑い声が消えた。

「笑わせるぜ、仏だとよ。おめえが、上高輪村の帳元の為右衛門と倅の久太郎殺しの凶状持ちだってえことは、調べがついてるんだ。おめえは仏にもなれねえ、打ち首獄門の極悪人じゃねえか」

　菊蔵が喚き、円地の引きつった笑い声が、木々のざわめきの中を響きわたった。

「小僧、威勢がいいな。よかろう。おまえなら少しは斬りごたえがありそうだ。あの虫けら同然の弥作では、斬っても物足りなくてつまらなかった。虫けらを相手にしてもつまらぬから、ひと太刀《たち》であの世へ送ってやった。小僧、おまえは骨のあるところを見せてくれよ」

喉を絞ったようなかすれ声で、円地は言った。

「円地、人を斬るのはもう終わりだ。弥作兄さんの仇だ。今夜はおまえが斬られる役廻りだ。自分が斬られるのは、さぞかし、わくわくするだろう」

公平は菊蔵に向いた。

「菊蔵、弥作兄さんをどこに埋めた。弥作兄さんの供養に、おめえらの首を残らず供えるんだ。場所を言え」

「公平、おめえみてえに我慢のならねえがきは初めてだぜ。弥作をどこに埋めたダと？　ごみを埋めただけだ。ごみの埋め場所なんぞ、いちいち覚えちゃいねえぜ。心配はいらねえ。我慢のならねえがきでも、お上に代わって菊蔵さまが成敗して、あと腐れのねえようにここら辺のどっかに埋めてやるぜ。おめえは烏の餌にはならねえ。弥作とお同じ、山谷の土竜《もぐら》の餌になるんだ」

おう、と菊蔵は公平を囲んでいる手下へ目配せした。

七人の手下のうち、四人が提灯を提げている。

そのほかの三人が、三方から公平へ踏み出した。三人は、長どすをそれぞれ抜き放ち、公平の周りをゆっくりと廻り始めた。

提灯の明かりが、三本の刃にきらめいた。

「がき、簡単にやられるんじゃねえぜ。すぐに終わっちゃあ、面白くもなんともねえからな。始めろ」

菊蔵のひと声に、公平の背後からひとりがいきなり突き進んだ。

雄叫びを発し、三人に囲まれてじっと佇んでいる公平の背後に近づき、背中へ長どすを荒々しく浴びせかけた。

途端、男は自分の懐の中に入った公平に抱きかかえられていた。

ああ？

と、そうなっている状態が、解《げ》せなかった。

長どすを背中に見舞ったはずだ。なのに、いつの間に身を翻《ひるがえ》したのか、自分の懐に入った公平の動きが見えなかった。

力なく空に流れた長どすが、野っ原の草を撫《な》でていた。しかも、それに気づいたときは、すでに公平の握った匕首が、男の腹の中へにぎりまで埋まっていた。

息ができず、声も出なかった。

膝を折り、公平の身体に縋《すが》りつきながら力なく崩れ落ちていった。

公平は崩れてゆく男の顎に手をあて、匕首を引き抜き、押し倒した。

男は、笛を吹くような音をたてて血を噴いた。倒れてから、ようやく身体を震えさせ、断末魔のうめき声をあげた。

すかさず二人目が、傍らより斬りかかった。

咄嗟に反転し、匕首で鋭く長どすを払い、払った長どすが脇へ逸れるところへ、長どすをにぎった腕に片腕を巻きつけると、一気に絞り、巻きあげた。

悲鳴とともに、巻きあげた腕が木の枝の折れるような音をたてた。

そのとき、三人目はすでに長どすを上段にとって公平に肉薄し、

「死ねっ」

と、歯を剝き出して喚いた。

瞬間、公平は巻きあげていた二人目の腕を放し、軽々と宙へ飛んで、三人目に前蹴りを見舞った。

爪先が、長どすを上段にかざした三人目の顎を捉えた。はずみに顎が潰れ、口の中から砕けた歯が噴き飛んでいく。

そのまま公平は、宙で身をひるがえし、折れた腕を抱きかかえて膝をついた二人目の眉間へ匕首を見舞った。

二人目の眉間がぱっくりと割れた。

眉間を割られた男は横転し、顎をくだかれた男は、芯の折れた木偶《でく》のように首を後ろへ曲げ、仰のけに転倒した。

男は目を大きく見開いて夜空へ向け、ぴくりともしなくなった。

菊蔵は目を剝いた。

「てめえら、やっちまえ」

残りの四人に叫んだ。

四人は提灯を投げ捨て、長どすを抜き、公平を囲む輪を徐々に縮めていった。

だが、束の間に倒された三人を目のあたりにしたため、四人の足どりには明らかに躊躇いが見えた。用心しながら、恐る恐る近づいていた。

投げ捨てられた提灯が、男らの後ろで小さな炎をあげ始めた。

しかしそのとき、四人より速やかに円地が公平に迫った。

鯉口をきり、着流しの身頃を割って青白い足を剝き出し、見る見る間をつめた。

「しゃあ」

鳥の鳴き声に似た奇声を発するや否や、円地は抜き打ちに公平へ打ちかかった。

公平はそれを、身体をそよがせ躱した。

耳元を白刃が風を斬り、かえす刀が間髪《かんはつ》を容《い》れず激しく打ちかかってくる。

身体を毬《まり》のように屈めて躱した公平の、月代が長くのびた毛先を刃が舐めた。
それも空を斬った円地の三の太刀が、反転して打ち落とされたその一瞬より速く、
そして、円地の頭より高く公平の体軀は跳ねたかに見え、公平のひと蹴りが円地の
顔面を襲った。
円地は顔を背け、蹴りをきわどく躱した。
爪先がこめかみをかすり、円地は一歩引いて動きを止めた。
「やるな、小僧」
円地は唇を歪ませて声を絞り出し、八相に構えた。
草地に燃え移り始めた提灯の火が、ゆらめきながら公平と円地の周りを舐めてゆ
く。
「だが、次はない」
円地は大きく踏み出し八相から打ちかかった。
公平は身を縮め、反撃の躍動に備えたときだった。
かあん。
円地の一撃は高らかに鳴って、不意に現れた一刀にはじきかえされた。
途端、人影が公平と円地の間に勢いよく躍りこんだ。

円地は、数歩さがって人影を睨んだ。

円地の狐目に、驚きと怒りが炎になって燃えた。

「今度はわたしが相手だ。円地、わたしを覚えているか」

天一郎は正眼《せいがん》にかまえて言った。

「おまえは……」

円地が眉をひそめた。

天一郎は、紺地に吹き寄せ小紋の着流しを尻端折りに、独鈷の博多帯へ二刀の黒鞘を差した軽快な拵えだった。

尻端折りの裾からのぞく引き締まった長い足を折り曲げ、いつでも戦端を開く十分な体勢になっている。

「天一郎さん」

公平が後ろで呼びかけた。

「公平、なんとか間に合った。余計なことかもしれんが、助太刀にきた」

「済まねえ、天一郎さん。こうしなきゃあ、ならねえんだ。おれは、こうしなきゃあ……」

「もう言うな。おまえがやるしかないなら、手伝う」

「公平、おれも助太刀するぜ」

末吉が匕首をかざし、囲みの外で身がまえていた。

「末吉、くるんじゃねえ。引っこんでろ」

公平は叫んだ。

「そうはいかねえよ。おれだって男だ。弥作さんの弔いだ。おれだって戦うぜ」

末吉は四人のうちのひとりへ、匕首をふり廻してたち向かっていった。

「くそ、末吉、済まねえ」

公平は末吉に叫び、天一郎へ向いた。

「天一郎さん、おれは菊蔵をやる。ここを頼んでいいかい」

「菊蔵をやる気か」

「ああ。あいつは、許せねえ。弥作兄さんを、ごみだと言いやがった」

五本松を背に、羽織を脱ぎ捨て一本差しの長どすを抜いた菊蔵が、仁王立ちになり、喚きたてた。

「がき、こい。勝負はこれからだ。読売屋、てめえがくることはわかっていたぜ。読売屋の天一郎とてき屋の公平、いかがわしい者同士、おめえらは似合いだ。二人まとめて、地獄へ送ってやる」

「公平、ここは任せろ」

天一郎は公平を背中にして円地と手下らに向き合い、言った。

「菊蔵、覚悟しやがれ」

公平と菊蔵が、真っ向勝負の突進を始めた。

たちまち間が消え、五本松の野っ原で二つの身体がぶつかり合った。

草地を舐めていく炎が、二つの正面衝突を光と影の中にくるんだ。

三

円地が一撃を仕かけた隙をついて、手下のひとりが公平を追って天一郎のわきをすり抜けていく。

天一郎は円地の一撃を下段より打ち払い、すり抜けを図る手下の傍らへ廻りこむように身を転じ、うなじを打った。

手下は絶叫をあげてつんのめり、うなじより血を噴きながら転倒する。

再び身を転じ、円地の上段よりの追い打ちを柄のにぎりの間で受けとめた。

柄を咬んだ刃は、刀身の中径にあたって跳ねかえる。

即座に天一郎は打ちかえし、円地はそれを鋼を鳴らして薙ぎ払う。

そこへ、残りの手下が背後より襲いかかった。

天一郎は身体をかしげながら円地を捨てて背後へ反転し、長どすを躱した。

咄嗟に身をかがめ、手下のわきをくぐり抜け、胴を薙いだ。

「ひえっ」

悲鳴をあげた手下が、足をもつれさせて横転する。

くぐり抜けた天一郎は、後ろに続くもうひとりの正面に向かい上段にとって、真っ向へ袈裟懸けに打ち落としたのだった。

後ろの男は、前にいた男の脇をくぐり抜け、いきなり現れた天一郎の袈裟懸けに抗する術《すべ》を持たなかった。

長どすを虚《むな》しく翳《かざ》したまま、左のこめかみから右の脇腹まで一閃を浴びた。

その背後に円地が迫り、新たな攻勢を仕かけてくる。

天一郎の肩を、紙一重の差で刃がうなった。

それを躱したが、体勢が崩れ、だらだらと後退を余儀なくされた。

そこへ縦横左右に、うなりをあげて円地の刃が襲いかかる。

打ち払い、躱し、また打ち払いつつ、天一郎は退がり続けた。そうして後退を続け、草地に燃え広がっている炎を背にするまで、たちまち追いこまれた。

炎は広がり、五本松の野っ原を囲む藪や林に燃え移る勢いである。

「読売屋、最後だ」

円地が叫んだ。

炎を背にした天一郎に、渾身《こんしん》の一撃が打ち落とされた。

すると、天一郎は一瞬の逡巡《しゅんじゅん》もなく背後の炎の中へ身を躍らせた。

炎が躍動した天一郎の身体をくるんだかに見えた瞬間、天一郎の身体は炎の中に没した。

しかし次の一瞬、炎の中から跳ね上がった天一郎の身体が、炎をなびかせ高々と夜空に躍ったのだった。

火の粉と熱い砂が舞い、束の間、円地の目に降りかかった。

円地は目を閉じ、顔を背けた。

しまったと思った刹那、円地は一刀両断の袈裟懸けを浴びていた。

はああ……

悲痛な声をあげた。

そのひと声を合図にしたかのように、あたりがにわかに騒ぎ始めた。

木々がゆれ、草地に広がる炎が乱れ、野っ原に沛然《はいぜん》と雨が降り始めた。
雨が地面に音をたてて跳ね、炎は見る見る勢いを落とし、やがて野っ原は真っ暗闇に包まれたのだった。

末吉は手下のひとりに体あたりを喰らわせ、脾腹に匕首を突きこんだ。
手下が絶叫をあげながらも、長どすをかざした。
末吉はその手首をつかみ、手下はそれをふり払おうともみ合った。
草地へ転がって、二転三転して手下が末吉を組み敷いた。
「てめえ、くたばれ」
手下が怒声を浴びせた。
末吉は下から、手下の脾腹の匕首をさらに突きこんだ。
末吉は匕首を抜き、もう一度、突き入れた。それを二度三度と繰りかえした。
手下は顔をしかめ、身体を震わせた。血の噴く音が聞こえた。
やがて、手下の力は萎《な》えていった。
末吉の上へ、ぐったりと重なってきて、やった、とようやく思った。
男を突き退け、公平を探した。

すると、野っ原の果ての山谷堀のほうで、菊蔵と公平が戦っているのがぼんやりと見えた。末吉は手下の落とした長どすをつかみ、山谷堀へ走った。

「公平っ」

と叫んだ。

野っ原の草地は燃えていたが、炎の明るみは山谷堀の土手まではおぼろにしか届かなかった。

ただ、山谷堀の暗い流れが、片側に横たわっているのはわかった。

公平と菊蔵は、その山谷堀の堤で睨み合っていた。

長い戦いで、両者は肩を波打たせ、荒い息をついていた。

「がきが、しぶといな」

菊蔵は長どすを垂らし、乱れた息を整えていた。

長どすと匕首で斬り合いながら、縦横無尽に動き廻り、いつしか野っ原の南の果ての山谷堀の堤にまできていた。

菊蔵が長どすをふり廻しても、公平にかすりもしなかった。

公平の素早い動きに遅れ、菊蔵は腕と右の頬骨に疵を受けていた。

頬をひと筋の血が伝い、左腕の裂けた着物が血に染まっていた。

「菊蔵、疲れたか。休んでいる暇はねえぞ。あの世にいけば、いやになるくらい休めるぜ」

「うるせえ、がきが。そろそろ膾《なます》にしてやる」

斬り合いが再び始まったとき、沛然と降り始めた雨が二人を雨煙に包んだ。

雨の飛沫を散らし、菊蔵は長どすをふり廻した。

公平は、菊蔵の隙を見つけて匕首をふるうものの、簡単には攻めこめなかった。

菊蔵は喧嘩慣れしていた。懐に飛びこんでは匕首を突き入れる公平の動きを、巧みに躱した。

「そうはさせねえ」

と、反撃する菊蔵の動きが、公平には読めた。

公平は菊蔵のふり廻す長どすに、何度も空を打たせ、匕首で払った。

菊蔵の動きは、だんだん鈍っていった。喘ぎ声が、大きくなっていた。

だが、沛然と降り始めた雨が、皮肉な働きをした。

菊蔵が喘ぎながら堤を逃げ、後ろから追いすがる公平に身を翻して反撃を試みた。

ところが、公平の踏み出した足が、雨に濡れ早くもぬかるんだ堤をすべった。

公平の身体は、足が前へすべったために均衡を失い、後ろへ仰《の》け反《ぞ》るようによろけた。すかさず、菊蔵は雨煙を巻いて一刀を見舞い、公平は菊蔵の反撃を匕首で止めるのが精一杯だった。

かちん。

鋼が鳴り、雨が飛び散った。

公平は後ろの足を引いて倒れるのを堪えた。

その途端、菊蔵の大きな石のような拳に、顎と頰をえぐられた。

これまで受けたことのない痛撃だった。

景色が吹き飛び、真っ白になった。

何が起こったのか、わからなかった。

気がついたのは、木の根元に坐りこみ、幹に凭《もた》れかかったときだ。

公平の小柄な身体は、雨の中を何間も吹き飛び、堤端のすだ椎《じい》の幹に背中からぶつかって、尻餅をついたのだった。

菊蔵の影が肩で息をしながら、堤を近づいてくるのが見えた。

降りしきる雨が、菊蔵の大きな身体の肩や頭で飛沫をあげている。

菊蔵の黒い影の中に、白い歯がのぞいていた。あは、あは、と気だるげな笑い声も聞こえた。

すだ椎の葉が雨に打たれて騒いでいた。

いつの間にか、公平の手に匕首はなかった。

「がき、手間をとらせやがって」

菊蔵がぬかるみを踏み締め、公平を見おろした。

「死ね」

と言った。だが、いきなり菊蔵の傍らから、

「そうはさせねえぜ」

と、末吉が斬りかかった。

菊蔵はいきなり肩を打たれて仰け反った。だが、疵は浅かった。末吉が続いて打ちかかるのを易々と払うと、

「この野郎、邪魔だ」

と、喚いて即座に打ちかえした。

末吉は長どすをふり廻すものの、菊蔵の相手にならなかった。菊蔵と刃を交わし打ち合い、末吉は右に左によろけた。

丸太のような足でよろける末吉の腹を蹴り飛ばした。蹴り飛ばされた末吉は、堤のぬかるみの中を腹を抱えて転がった。

「いくぞ、菊蔵」

そこへ、天一郎が駆けてくる。

天一郎を認めた菊蔵は、歯を剥き出した。

「読売屋、てめえも叩き潰してやる」

叫んだ菊蔵の大きな身体が、そのとき、ゆっくりと持ちあがった。

菊蔵は、なんだ？　と首を廻した。

何が起こったのか、すぐにはわからなかった。だが、菊蔵の身体はさらに持ちあがり、激しい雨粒がしきりに顔を叩いた。

ああ、てめえ、とそこでやっと気づいた。

公平が背後から、菊蔵の左腕と左の太腿に腕を巻きつけると、菊蔵の脇に首をくぐらせ肩にのせて、ふわり、と担ぎあげたのだ。

「天一郎さん、菊蔵はおれがやる」

公平が叫んだ。

「がきっ」

菊蔵は、右手の長どすをふり廻した。

しかし、公平は雄叫びを発し、菊蔵をかついだまま土手を走って、幅五、六間、箕輪から山谷橋まで土手十三丁に沿って黒い水面が真っすぐに続く山谷堀へ、もろともに身を躍らせたのだった。

公平と菊蔵の身体は、躍りあがった夜空の中で回転し、雨煙を巻いて落下した。

水中に没した公平の身体が、菊蔵とともに底の泥を巻きあげた。

底に着くとすぐに、公平は身をひねった。

菊蔵が大きな音をたてて泡を噴き、水面へあがろうと、手足を赤ん坊のようにもがかせていた。邪魔な長どすも捨てていた。

雨が落ちる無数の波紋が、黒い水面の模様に見えた。

菊蔵の身体がゆっくり浮きあがっていく。

その後ろから、公平は菊蔵の首筋へ強靭な筋に覆われた両腕を巻きつけた。

そうして、満身の力をこめて締め上げ、水底のほうへひねった。

菊蔵がまた泡を噴き、長い腕を廻して公平の腕と頭をつかんだ。

身体をよじり、じたばたさせる足が、底の泥を乱した。

水中では、菊蔵のもがきは、まるで童《わらべ》が戯れているかのように力がなかった。

公平はさらに締めあげ、泡を噴きながら、

「終わりだ」

と、菊蔵の耳元で囁《ささや》いてやった。
すると、菊蔵の首が音をたてた。ごぼ、と泡がたった。

終章　哀れみと慈悲

一

半月がたった四月である。

下谷竜泉寺町はずれの吉原の大見世・松葉屋の寮に、数名の供侍が警固につき、二名の奥女中が従う黒鋲《くろびよう》打ちに網代《あじろ》の引き戸、黒塗り屋根に四人の陸尺《ろくしやく》が前後をかつぐ乗物が、裃の正装ではないけれど、塗笠に黒羽織、細縞の袴に拵えた恰幅のいい侍に率いられ、ひっそりと到着した。

寮の世話役に雇われている老夫婦が、表戸から慌てて出てきて深々と腰を折り、一行を率いる侍に辞宜を述べた。

侍は老夫婦に何事かを重々しげに伝え、老夫婦は畏《おそ》れ入りつつ侍の言葉をうけたまわった。

ほどなく、老夫婦に案内された侍が、濡《ぬ》れ縁《えん》があって下谷ののどかな田畑を見わたせる部屋に通された。もうすぐ田植えが始まる田んぼに、水が湛《たた》えられ、明るい青空が水面に映っていた。

床《とこ》についていたお稲は、肌着の上に松葉屋の看板《かんばん》を羽織って、布団の中で端座していた。侍が部屋に入ると、お稲は布団に手をついて頭《こうべ》を垂れた。

むろん、侍は塗笠をとっていて、部屋に入ったところで端座し、刀を右脇へ寝かせた。侍の後ろに二人の奥女中が畏まっている。

侍がお稲に向かって手をついて低頭し、奥女中が倣《なら》ったため、世話役の老夫婦は驚いて目を瞠《みは》った。お稲も、手をついたまま動けない。

「お稲さま、お久しゅうございます。青坂家ご当主・青坂下野守《しもつけのかみ》宗勝さま家臣・峰岸啓九郎でございます。何とぞ、お直りくださいませ」

お稲は、青坂家の峰岸啓九郎と聞き、わずかに肩を震わせたものの、手をあげなかった。峰岸は手をついた恰好で、後ろの女中らに頷きかけた。

すると、女中らはお稲の布団の傍らへ進み寄り、「お稲さま、どうぞお直りくださいませ」と、両側からお稲の上体を起こし、松葉屋の看板に替えて、金糸《きんし》の刺繍の入った色鮮やかな内掛《うちかけ》を肩に羽織らせた。

お稲は唖然《あぜん》とし、両側の女中らを怯《おび》えたように見守っている。

世話役の老夫婦も呆然と見ているだけで、身動きひとつできなかった。

峰岸はお稲に言った。

「お稲さまがお驚きになられますのも、ご無理はございません。およそ四十年前に相なります享保二十一年の春、箕輪浄閑寺におきまして、それがし峰岸啓九郎が、お稲さまよりわが青坂家先代ご当主・青坂左京太夫《さきょうだゆう》忠敏さまご嫡男・宗勝さまをお預かりいたしました。ご誕生になられて間もない若君さま、すなわち現ご当主宗勝さまは、お稲さまより乳母が抱きとりますと、母を呼ぶように小さなお声でお泣きになられました。それがしはお稲さまに『これで最後でござる。よろしいな』と申しあげました。するとお稲さまは、涙をはらはらとこぼされながらも、しっかりとしたお言葉で、それがしに申されたのでございます。『わが子をよろしゅうお願いいたします。こののちは母と子の縁を断ち、こちらよりかかわりを求める浅ましく不届きなふる舞いは決していたしません』と。しかしながらそのあと、お稲さまは『ただひとつ、願わくは』と申されたのでございます。願わくは、そのお子さまに忠敏さまの哀れみとお慈悲をせつにお願い申し上げますと。それがお稲さまの、最後のお言葉でございました。それがしは、お稲さまが申された『哀れみとお慈悲』という言葉を忘れたことはございません」

お稲の身体が震えていた。やつれた頰に、ひと筋二筋、そして次々と涙が伝い始めた。峰岸は、手をついたまま続けた。

「若君さまが忠敏さまのご嫡男になられて六年ののちの寛保《かんぽう》二年、忠敏さまが青坂家八代ご当主に就かれたのでございます。忠敏さまは、疵を負われて足はご不自由ではございましたが、優れた殿さまとなられ、国を立派に治められ、明和二年、五十三歳にて身罷《みまか》られたのでございます」

そこでお稲は、しなびた両手で顔を覆った。

「若君さまは御父君・忠敏さまを継がれ、青坂家九代ご当主に就かれ、下野守宗勝さまと名乗られました。御年四十歳。御父君忠敏さまに劣らぬ、家臣や民の慕う優れた殿さまになられておられます。浄閑寺にて、お稲さまよりそれがしがお預かりいたした若君さまの、ただ今のお姿でございます」

世話役の老夫婦が、ああ、と喚声のような声をあげた。

お稲は、顔を手で覆ったまま小さく頷いた。

「お稲さまが病に臥せっておられるとの知らせを受け、今は国元におられますわが殿さまの宗勝さまに、お稲さまのご様子をお知らせいたしました。殿さまより早馬の知らせが江戸屋敷に届けられ、御母君お稲さまを急ぎ青坂家江戸屋敷にお迎えいたし、ご養生していただくようにと、殿さまのお指図でございました。それがし、殿さまのお指図をうけたまわり、お稲さまお迎えの使者として参上いたしました。殿さまは書状に御自らお認めになっておられました。御母君より受けた哀れみとお慈悲の深き恩に報いるときがようやく訪れた、嬉しく思う、とのことでございます」

お稲のすすり泣きが漏れ、峰岸は最後まで手をあげなかった。

世話役の老夫婦や迎えの奥女中らも、みな涙に暮れた。

半刻後、お稲を乗せた乗物は、警固の侍と奥女中に守られ、峰岸が率いて、松葉屋の寮を出た。世話役の老夫婦が一行を見送り、近在の百姓や町家の者らがお乗物を物珍しそうにとり巻いた。

同じ四月のその日、青葉を繁らせた木だちの間から、昼さがりの強い日射しが斑《まだら》模様の光を落とす野州の林道を、三度笠をかぶり、縞の引廻し合羽とふり分けの小行李の荷を肩にからげた旅人が、軽快な歩みを運んでいた。

旅人は、尻端折りの単衣《ひとえ》に、手甲脚絆、素足に草鞋履きで、五尺五寸ほどの小柄ながら締まって日焼けした太腿は、大きく踏み出すたびに若々しい肉がたくましく盛りあがっていた。

旅人は、昼前に鹿沼をすぎ、明るいうちに大谷村に着くため道を急いでいた。

その林道はわき道のため、ほかに旅人の姿はなく、まれに近在の百姓と思われる通りかかりが、旅人に好奇の目を向けゆきかうばかりである。

とき折り、旅人は木々の間にのぞく青空を見あげ、雲の流れを読み、風の息吹《いぶ》きを感じ、天道の輝きに目を細めたりした。

細めて震えるまつ毛は長く、すっと空へ向けた顔だちは、命の息吹きあふれる童子を思わせる愛嬌があった。

「姉ちゃん、お牧、ごめんな」

旅人は呟き、また林道の先に目を戻した。

林道はどこまでも真っすぐに、彼方へのびている。

その道を歩みながら、もう江戸には戻れねえのかな、と旅人は思った。

大空の天道が、哀れみと慈悲のこもった光を、孤独な旅人に降りそそいでいた。

旅人は腹の中で自分に言い聞かせた。

姉ちゃんやお牧にも会えねえ。けど、いくしかねえぜ。自分で決めた道じゃねえか。寂しくたって、いくしかねえぜ。

自由自在に空を飛ぶ鳥のように、野山を駆け廻る獣のように、お天道さまが拝める限り、お月さまがのぼる限りは……。

二

それより数日前の、四月上旬である。

銀座町三丁目の小路を観世通りのほうへ折れた即席御料理屋《丸中》の二階座敷に、南御番所定町廻り方の初瀬十五郎を囲んで、末成り屋の天一郎、修斎、三流、和助の四人が膳につき、初瀬供応の酒宴が開かれていた。

初瀬はいつものように酒がすすみ、四人が酌をするたびに、天一郎はどう、修斎はどう、と四人それぞれに説教を垂れ、茶化し、上機嫌であった。

「ところで天一郎、吉原の首代の菊蔵と、菊蔵の手下らが七、八人、全員そろって殺された一件を知っているかい」

と、初瀬が急に思い出したように真顔になって言った。

「そりゃあ、むろん知っていますよ。末成り屋も、真相はわからないなりに、読売を売り出しましたからね。そうそう、あの一件の乱闘があったという山谷田中の藪の中で、行方知れずになっていたらしい菊蔵の手下の弥作という男の亡骸が埋められていたのも、見つかったそうですね」

「そうなんだ。つまりだ、菊蔵と手下ら全員があの世いきだ。いくら首代とその手下らだからと言って、それだけの人数が一度にあの世に送られた一件だ。これは調べねえわけにはいかねえ。といっても、これは北町の掛《かかり》の知り合いから聞いたんだがな、吉原の惣名主や名主らには、まったく心あたりがねえと言うし、あれだけの人数をひとり残らず倒すなんて仕業《しわざ》は、ひとりや二人でできるこっちゃねえ。どう考えても、倍以上の人数に襲いかかられたに違いねえというのが、北町の見たてらしい。そりゃそうだ。山谷橋の河岸場に引っかかった菊蔵の亡骸は、あの大男が首を折られて山谷堀に捨てられたっていうから、相当なやつらに違いねえぜ。菊蔵もよっぽど恨みを買ったのかね。どういう一味か手がかりがねえから、なんの恨みかは、今のところ不明だがな」

「わたしら読売屋でさえ、菊蔵のあの死に様の話を聞いて、ぞっとしたぐらいですから。なあ、みんな」

三人はそろって頷いた。

天一郎は「初瀬さま、どうぞ」と酌をし、初瀬はそれを「おう」と受けた。

「ところがな、数日前、吉原の八州屋という大見世に了実という腕利きの番頭がいるんだが、その了実の倅が、山之宿の八十助という貸元の賭場で刺されて命を落としたというのさ。忠太郎というどら息子だ。それは知ってたかい」

「忠太郎が命を落とした？　いえ。知りませんでした」

修斎と三流と和助の三人も、首を横にふった。

「そうかい。やっぱり末成り屋は、みな上品な元お武家のお坊っちゃん育ちばかりだから、耳が遅えな。じつは、その忠太郎がからんで、二、三ヵ月前に、菊蔵と八十助の間でもめ事があったらしい。なんとそのうえにだ、了実が吉原では菊蔵の後ろ盾になっているのは、口には出さねえがみな知っていることで、菊蔵と八十助のもめ事の裏には、了実と菊蔵のかかわりがあったからだとも言われているそうだ。ただまあ、そのもめ事は、一応、けりはついていた。だが、表向きはそうでも裏では火種が燻《くすぶ》っていた。やくざのもめ事に表向きというのは妙だがな。で、あの菊蔵と手下らのみな殺しの一件さ。北町の掛は、こいつは山之宿の八十助と手下らが菊蔵らのみな殺しに深《ふけ》えかかわりがあるんじゃねえか、と睨んだ」

「ほう、どうだったんですか」

「まだ調べ始めて間もねえが、どうやら八十助は自分とはかかわりはねえと、言い張っているらしい。八十助に言わせりゃあ、剣術の腕を鍛えあげた、情け容赦ねえお武家で、しかもかなりの人数じゃなきゃあ、あそこまではできねえんじゃねえか。やくざでもあそこまで容赦なく殺しをやれるような一味は、見たことも噂を聞いたこともねえ、と言っているそうだ。番頭の了実も、まさか倅の忠太郎がそんなことに巻きこまれていたとは思いもよりませんでしたと、女郎の生き血を吸う大見世の腕利きの番頭でも、どうしようもねえ親馬鹿ぶりでよ。とに角、あれだけの一件をどういうやつらがやったのか、さっぱり見当がつかねえから、調べは今のところ、雲をつかむような具合らしい。で、おれが言いてえのはな、そういう雲をつかむような一件だから、おめえら、読売屋になんかできるんじゃねえのかい、ということさ。あることとないことなんでもかんでもでっちあげるのが、おめえら読売屋稼業なんだしよ。おっと、誤解のねえように。おれはおめえらを見どころがあると思って言っているんだぜ。おめえらは、普通の読売屋となんか違う。でっちあげ方にも念が入っている。おれは末成り屋を買って、言っているんだからな」

初瀬は、けらけら、と甲高い笑い声をまいた。

「あいや、初瀬さまにそう言われますと、嬉しいような、面目ないような」

えっへっへ……。

と、天一郎は頭を叩いて笑って見せた。

「ですが、菊蔵の一件は、この前、読売種にしたときは、あまり評判はとらなかったんですよ。吉原の首代とその手下らが何人殺されようと、所詮やくざ同士のもめ事やいざこざなんだろう、そんなことはどうでもいいよって、みなさん、思っているようですからね」

「ふん、所詮、やくざ同士か。やくざがてめえら同士で、殺したり殺されたりするのは、てめえらの勝手だろうってわけか。やくざじゃあ、目新しさがなんにもねえからな。もっと、ぴりっと痺《しび》れるような読売種でなけりゃあな。まったく、むずかしい世の中だね」

初瀬は、ずず、と音をたてて杯をすすった。

「しかし、了実の倅の忠太郎殺しを探りなおせば、何か面白い読売種が見つかるかもしれません。了実も江戸へ出てくる前は上方にいて、そもそも江戸へ出てきたのも何かわけありという噂のある男ですからね。案外、面白い昔話が聞けるかもしれません。もう一度、やってみましょう」

「なんだい。了実にはそういう噂があるのかい。よく知っているじゃねえか。そうだ。評判をとる読売種と言えば、先月おれが教えた、鬼の遺手のお稲の子別れ物の話はどうなった。鬼婆あの目に涙は、間違えなく評判になるはずだぜ。早く出ねえかと、おれは待ってるんだが、なかなか出ねえじゃねえか。あの読売種はどうなった。せっかくおれが、末成り屋のために教えてやったのによ」

「ああ、あの鬼の遺手のお稲の、子別れ物ですね。そうでした。確か、あれはですね……」

と、天一郎は顔に笑みを浮かべつつ、苦しい言いわけを始めた。

翌朝、天一郎が末成り屋土蔵の文机について、了実の倅の忠太郎殺しの読売種をあれこれ思案していると、表戸の樫の引き戸が、怪しげな鈍い音をたてて引かれ、一尺ほどの隙間から朝の光が土間に射しこんだ。

ふむ？　とふり向いた天一郎の目に、まるで青々とした朝の光を着飾ったような美鶴《みつる》とお類《るい》の清々しい姿が映った。つんと鼻先の尖ったお類の、片はずしの髪形と薄化粧の目尻に紅を刷《は》いた小娘の容顔《かんばせ》が引き戸の隙間からのぞいて、

「あ、見つけた」

と、子供の悪戯を見つけたかのように言った。

無理やり大人びさせて拵えているが、まだ童女の面影を残したお類は、十三歳の娘である。

「美鶴さま、天一郎さんがいました」

お類がふりかえり、土蔵の戸前の美鶴へ殊《こと》さらめいた報告をした。

お類の頭の上に、一輪のしのぶ髷に結った黒髪と、透き通った白い容顔に繊細な眉を刷き、奔放さと冷たさをきれ長な目に湛《たた》え、ひと筋の鼻梁《びりょう》の下にきりりと結んだ唇の朱色が、朝の光の中に輝いて見えた。

美鶴はなぜか少し怒っているような様子で、端然と背筋ののびた痩身を、天一郎に向けている。

「やあ、これは美鶴さま、お類さん、お早ようございます」

天一郎は、文机についたまま表戸へ端座を向け、にこやかな笑顔を投げた。するとお類は、冷ややかな澄まし顔になって、重たい引き戸を、よいしょ、と開け、

「あら、ずいぶんご機嫌がおよろしいようですのね、天一郎さん」

と、何かしら思わせぶりに言った。そうして、薄桃色の花模様の振袖を翻して土間に入ってきた。

お類の後ろから、これは藍色の小袖に初夏らしい白袴に朱鞘の二刀を帯びた美鶴が、土蔵の前土間に草履を鳴らした。

天一郎は、お類のわざとらしい澄まし顔や、美鶴の少し怒ったような様子がおかしく、噴き出したくなるのを堪えて、にこやかな笑みの中に隠した。

お類と美鶴は板敷にあがり、文机の前の天一郎の左右に対座すると、天一郎の笑みににこりともかえさず、変わらずに冷ややかな目を向けてきた。

「今朝はずいぶん早いですね。まだ修斎も三流も和助もきておりません」

天一郎は笑みのまま、軽い口調で言った。

「あら、天一郎さんの妙に明るい感じが、空々しいわ」

お類の背のびをした言葉つきに、天一郎は堪えきれずについ噴き出した。

「なんですか、空々しいって。今朝は早いですね、と言っただけなのに……」

天一郎の腹の底から、おかしさがくつくつとこみあげてきた。そんな天一郎を美鶴は冷たく睨み、

「天一郎、ここのところ、吉原通いをしているそうですね」

と、少し怒ったように問い質した。

「え？　ああ、先月から少々……」

「いやだ、吉原だなんて。いやらしい。天一郎さん、美鶴さまを怒らしてしまいましたね」

お類が天一郎と美鶴を交互に見廻した。

「美鶴さま、よく吉原をご存じでしたね」

「吉原ぐらい、知ってます」

「あたり前じゃありませんか。吉原がどういうところか、誰だって知ってますよ。ねえ、美鶴さま」

「わたしが吉原通いをすると、何か変ですか」

「別に変じゃありません。天一郎の好きにすればいい。ということは、吉原に馴染みができたのですね」

「まあ、吉原に馴染みだなんて。いやだ、わたし、どうしよう」

言いながら、お類は天一郎から目が離せない。

「わたしに馴染みができたら、気になりますか」

「気になるわけがないじゃありませんか。わたしに関係のないことですから」

「じゃ、本当に吉原に馴染みができたんですね。天一郎さんたら、ひどい。許せないわ」

お類が目を丸くして言った。

天一郎は、ぷっ、と堪えきれずに噴き出し、それから、土蔵一杯に響くほどの高笑いをあげた。おかしくてならず、あとの言葉が出なかった。

美鶴とお類は、笑いが止まらない天一郎を訝しげに見つめている。

「済みません。美鶴さまから吉原のことを訊かれるとは思いもしなかったものですから」

天一郎はひとしきり笑ったあとも、まだおかしさを引き摺って肩を小刻みに震わせた。そして、

「わかりました。美鶴さまとお類さんに隠しだてはできませんね。わたしがある女に会うため、吉原に通っていたのは本当です。全部お話しいたしましょう」

と、肩を震わせながら言った。

「ですが、話を始める前に茶を淹れましょう。茶を飲むために湯を沸かしていたのです」

台所のある土間の竈で薪が小さな炎をあげ、竈にかけた鉄瓶が薄い湯気をのぼらせている。

天一郎は立ちあがり、台所のほうへいきかけたが、ふと、美鶴とお類へふりかえ

った。

「ただし、わたしの話がどんなに恐ろしく、どんなにいやらしくても、恐がったり恥ずかしくなって、途中で逃げ出してはいけませんよ。いいですね」

そう言うと、美鶴とお類は戸惑いを浮かべて黙りこんでいた。

天一郎は台所の土間に立ち、くすくすと笑いながら茶の支度を始めた。朝っぱらから面倒臭いが、その面倒臭さが、どういうわけか面白い。無駄な、と思っているのに、その無駄が、なんだか愉快なのだ。

美鶴は、末成り屋の土蔵から南へ一丁余いった築地川沿いに上屋敷をかまえる姫《ひめ》路《じ》酒井《さかい》家江戸家老・壬生左衛門之丞《みぶさえもんのじょう》の息女である。築地界隈の武家の間では、知らぬ者のない美しい令嬢だが、女だてらに、とこれも評判を知らぬ者のない剣の使い手で、袴姿に朱鞘の二刀をいつも帯びた男装の麗人である。

お転婆娘、と揶揄《やゆ》する者はいないではないが、本人は周りから何を言われようと一向に気にしていない。もっとも、二十歳をひとつ、二つすぎているから、もう娘ではないけれども。

そのお転婆な美鶴の奔放な行動を案じた酒井家上屋敷の勤番侍で、江戸家老壬生左衛門之丞の相談役の島本文左衛門《しまもとぶんざえもん》が、美鶴の監視役としてお供につけたのが、孫娘の島本類である。

しかし、お嬢さま育ちのこの二人が、いかがわしい読売屋の末成り屋になぜか物好きな関心を抱き、初中終《しょっちゅう》、末成り屋に顔を出した。顔を出すだけではなく、末成り屋の読売に、あれやこれや、ああだこうだと、口も出した。本当に面倒臭いが、面倒臭さに慣れると、二人が末成り屋の仲間に思えてくるから、不思議である。二人がいるときは、なぜかちょっと気分が晴れてくるから、妙なものである。

天一郎は三つの茶碗と急須を盆に載せ、美鶴とお類の前に戻った。

それぞれの碗に煎じた茶をそそぎ、「さあ」とすすめた。天一郎は湯気のたつ茶碗を持ちあげ、

「それでは……」

と、二人へにっこりと微笑んだ。

「昔々、吉原にお稲という美しい女芸者がおりました。これは、その女芸者のお稲が、鬼婆あになった本当にあった話です」

美鶴とお類は、茶碗を持ったまま、こくり、と頷いた。

それから何日かがたって四月の半ばがすぎたころ、《鬼婆あの目に涙》の遣手の

お稲の子別れ話を読売種にした読売が、江戸中の読売屋で売り出された。《鬼婆あの目に涙》は江戸市中の評判を呼び、続、あるいは続々の《鬼婆あの目に涙》まで売り出された。

江戸市中の読売屋で、《鬼婆あの目に涙》を読売種にしなかったのは、たぶん、末成り屋だけだった。

光文社文庫

文庫書下ろし／長編時代小説

千《せん》金《きん》の街《まち》 読売屋《よみうりや》 天一郎《てんいちろう》(六)

著者 辻《つじ》堂《どう》 魁《かい》

2016年8月20日 初版1刷発行
2021年5月30日 2刷発行

発行者 鈴木広和
印刷 堀内印刷
製本 ナショナル製本

発行所 株式会社 光文社
〒112-8011 東京都文京区音羽1-16-6
電話 (03)5395-8149 編集部
8116 書籍販売部
8125 業務部

ISBN978-4-334-77343-4 Printed in Japan

組版 萩原印刷